写作八讲

THE SUMMING UP

W. Somerset
Maugham

[英]
威廉·萨默塞特·毛姆
著

刘　靖
译

新世界出版社
NEW WORLD PRESS

图书在版编目（CIP）数据

写作八讲 /（英）威廉・萨默塞特・毛姆著；刘靖译. -- 北京：新世界出版社，2023.5
ISBN 978-7-5104-7643-3

Ⅰ. ①写… Ⅱ. ①威… ②刘… Ⅲ. ①文学创作研究 Ⅳ. ① I04

中国国家版本馆CIP数据核字（2023）第 043886 号

写作八讲

作　　者：［英］威廉・萨默塞特・毛姆
译　　者：刘　靖
责任编辑：刘　颖
责任校对：宣　慧　张杰楠
责任印制：王宝根
出　　版：新世界出版社
网　　址：http://www.nwp.com.cn
社　　址：北京西城区百万庄大街 24 号（100037）
发 行 部：(010)6899 5968（电话）　(010)6899 0635（电话）
总 编 室：(010)6899 5424（电话）　(010)6832 6679（传真）
版 权 部：+8610 6899 6306（电话）　nwpcd@sina.com（电邮）
印　　刷：天津旭丰源印刷有限公司
经　　销：新华书店
开　　本：880mm × 1230mm　1/32　尺寸：145mm × 210mm
字　　数：200 千字　印张：9
版　　次：2023 年 5 月第 1 版　2023 年 5 月第 1 次印刷
书　　号：ISBN 978-7-5104-7643-3
定　　价：50.00 元

自 序

我在作品中，以各种方式讲述了我这一生中发生的事情。有时候，一段经历可用作一个主题，我便虚构一系列故事来阐明它。更多情况下，我将一些点头之交或是熟络的亲友作为人物原型写进书里。我的作品中掺杂着真实事件与虚构的故事，如今回过头来看，我竟时常分不清那究竟是真实发生过的还是虚构的。即便我记住了这些事实，也并无兴趣记录下来，因为我已经将它们派上了更好的用场，况且，那些事实似乎本身相当乏味。我的生活丰富多彩，时常充满乐趣，但着实算不上是冒险的一生。我记性极差，即便是一个很精彩的故事，不听人叙述两遍也难以记住，但还没等我将其转述给别人就又忘得一干二净了。哪怕是我自己讲过的笑话也根本记不住，因此我不得不继续编造新的。我想，若非是这种缺陷，那些伙伴与我相处起来会更融洽吧。

我从未写过日记。但是现在想来，如若我在作为剧作家崭露头角的那一年开始写日记该多好，因为在那之后我结识了很多大人物，他们个个楚楚不凡，那样记录下来的文字一定很有趣。在那个时期，贵族和地主在南非制造各种事端造成局面混乱，人们对其大失所望，但是贵族和地主并没有意识到这一点，他们保留了原有的那份自信。我时常出入一些政客的宅邸，他们频繁地谈论着大英帝国的政事，就好比谈论自己的生意一样。当一场大选悬而未决时，政客们就开始议论纷纷，商讨着汤姆是否应该当选掌管内政部，或是迪克是否对爱尔兰满意，每每听到这些言辞，我总是感觉不对劲。我想现在的人们应该不会读汉弗莱·沃德夫人（Mrs. Humphry Ward）的小说了，那些文字枯燥无味，但我现在回想起来，她的几本小说的确将当时的统治阶级描写得淋漓尽致。当时的小说家对此相当关注，甚至那些不识得贵族的作家也认为应该多在描写贵族生活的写作上下功夫。若是人们看一看当时的戏单上有多少人物是有贵族头衔的，必定会大吃一惊。剧院的经理认为观众会对这些人的剧目乐此不疲，而演员也热衷于出演。但是，随着贵族政治的影响力逐渐没落，人们对他们的兴趣也大不如前。人们开始乐于观看表现自己同阶级生活的剧目，这些人要么是富商，要么是管理国家政事的专业人士。后来，一条不成文的规定开始流行：作家不要轻易在故事中塑造有头衔的人物形象，除非剧情极度需要。当时，要想让公众对下层阶级的生活产生兴趣仍不可能。人们认为涉及这一阶级的小说和戏剧是肮脏不堪的。然而，假如这一阶级完全掌握了政治权力，公众是否会像对贵族和中产阶级产生兴趣那样，对下层阶级产生兴趣呢？这个问题值得深思。

在此期间，我结识了一些人，他们的阶层、名望或是地位注定会使他们名垂青史。但我发现他们并没有我想象中的那么才华横溢。英国人热衷政治，我经常受邀去政客宅邸拜访，在那里大家最爱讨论的话题便是政治。我在那结识了一些著名政要，在他们身上，我并没有看到非凡的才能。因此我做出了一个或许有点轻率的结论：统治一个国家并不需要过人的智慧。从那以后，我在不同的国家结识了很多身居要职的政客。他们平庸的思想一直令我困惑不解。我发现他们对日常生活中的事物所知不多，也极少具有敏锐的才智和丰富的想象力。我曾一度认为他们取得显赫的地位要归功于演讲的天赋，因为在民主社会中，若要得势，就要抓住公众的耳朵。而众所周知，演讲的天赋未必与思想力共生。但是，当我看到那些在我看来不太聪明的政客在处理公共事务上取得了不错的成就时，我又不得不承认我先前的观点错了：治国理政当然需要某种才能，而这种特别的才能即便没有普通的才能也能很好地存在。同样，我也结识了一些干事创业的人，他们腰缠万贯，企业兴隆，但是他们似乎对自己工作以外的事物一无所知。

他们的谈话也没有我想象中的那样睿智，鲜有值得深思之处。谈话内容轻松、快乐、亲切且流于表面，当然也不总是如此。谈话内容不涉及严肃话题，因为在大庭广众之下谈论这些会令他们感到不自在，似乎出于对“专业性”的恐惧，人们也不得不避免谈论他们最感兴趣的话题。据我所知，他们的对话不过是一种高雅的揶揄打趣罢了，你也不会经常听到值得重复转述的妙语。有人认为，文化教养的唯一用途就是让人们更加出色地说废话。总的来说，我认为我所知道的最有趣、最会让人不断捧腹的人，当数埃德蒙·戈斯

（Edmund Gosse）。他博览群书，尽管读得不是很精，其谈吐却尤其富有智慧。他记忆力惊人，妙趣横生，嘴尖舌快。他曾与斯温伯恩（Swinburne）非常熟络，每每谈论起这位诗人都令他入神，但他也会把雪莱（Shelley）当至交来评论，事实上他根本就不可能认识雪莱。多年来，他一直结交知名人士。我想他自命不凡，满心欢喜地观察着这些人的荒诞言行。我敢肯定，经他之口，那些人变得比实际上有趣多了。

我一直想知道为什么那么多人热衷于见名人。想要通过向朋友炫耀你认识名人来获得声望是不可能的，反而只会向别人证明自己的微不足道。而那些知名人物对于应付想要与他们结交的人也自有一套法子。他们向世人塑造一个让人过目不忘的形象，却小心翼翼地将面具下的真实自我隐藏起来。他们扮演着人们期待的角色，并且这种表演技术越来越娴熟，但是你千万不要天真地认为你所看到的就是真实的他们。

我曾深深地迷恋几个人，不过我对那些人感兴趣并非因为他们本身，而是出于我的工作。我并没有如康德（Kant）所言，仅仅把认识某个人视为最终目的，而是将其作为作家笔下的素材。相较于誉满天下之人，我更关心的是那些无名之辈。他们常常显得较为真实自然。他们无须为了保护自己或给人留下深刻印象而去创造一个不存在的形象。他们的特有品质在那有限的社交范围里有更多的机会得以发展，他们从来没有出现在公众视线中，所以也从未想过有什么可以隐瞒的。他们尽显自己的怪癖，因为他们并不觉得那是古怪的。毕竟，我们作家必须要研究的还是普通人。与国王、独裁者、商业巨头打交道并不会令作家满意。作家经常禁不住诱惑，冒险写这些人的故事，但其作品均宣告失败，这表明这些人太过特殊，根本无法在艺术作品中占有合适的一席之地。作家们无法将他们写得很真实。平凡人的平凡事才是作家更广阔的沃土。它的出人意料，它的独特性，以及它无限的多样性，为作家源源不断地提供素材。大人物常常是千人一面，而小人物身上聚集了各种相互矛盾的元素。他们身上的写作素材取之不尽，用之不竭，为作家们储备的惊喜也是无穷无尽的。就我而言，如果要在荒岛上待一个月，我宁可和一名兽医相守，也不愿同一位首相做伴。

在这本书中，我将尝试对我生命历程中特别感兴趣的事物进行梳理和思考。但是，我所整理出的这些结论，就像在波涛汹涌的海面上的一艘沉船残骸，在我的脑海中漂来漂去。在我看来，如果按照某种顺序将这些东西排列妥当，那么我可能会更清晰地了解它们的本来面目，书也会写得更具连贯性。这个想法在我脑海里魂牵梦萦很久了，我不止一次地在开启一段持续数月的旅行时下决心去做这件事。看起来似乎很理想。但我总被脑海中诸多印象所困扰，我看到了很多新奇的事情，结识了很多激发我想象的人，我甚至都没有时间去好好反思。那瞬间的经历太过于生动，我根本无法调整好自己的心情去深思内省。

以自己的身份表达自己的思想令我感到厌烦，我的写作也受制于此。尽管从这个角度我已经写了很多东西，但我还是以小说家的身份进行创作，也就是说，我在某种程度上成了故事中的一个角色。我更倾向于通过笔下的人物去传递话语，这是长期的习惯使然。我能轻而易举地左右他们怎么思考，但不易决定自己的想法。前者于我来说是一种乐趣，而后者则是一份宁愿推脱的苦差。但如今我不能再拖下去了。人在年轻时很难意识到他们眼前的漫长时光终将会成为过往，甚至到中年，仍对生活抱着一份平常的期望，人们也还是会轻易地找到借口，推迟该做而不想做的事情。但是，死亡的那一天终会来临。各地的同龄人不断地相继离去。众所周知，人孰无死（苏格拉底也是人，因此——众生皆如此），但对于我们而言，我们终究会认识到在这平凡的历程中，终点并非遥不可及，在此之前，它只不过是一个合乎逻辑的前提。偶尔瞥一眼《泰晤士报》的讣告栏，便会觉得人到六十多岁的时候身体就不是很硬朗了。我一直以为，在将这本书写完之前，我就要奔赴西天了，所以我最好立刻着手写作。完成这本书，我就可以平静地面对未来，因为那时候我就可以为生命中的工作画上一个圆满的句号。我不能再迁就自己脑子里那个“还没有准备好去写它”的想法了，因为如果我现在还没有决定去做这件对自己而言很重要的大事，那么此生我都可能不会去做了。令我高兴的是，最终我收集齐了所有的想法，这些想法长期以来随意地浮在我意识的各个层面上。它们一旦写成，我就完成了任务，继而我又可以自由地驰骋思绪，去思考其他事情了。因为我希望这不会是我写的最后一本书。人不会在立遗嘱后马上死去，立遗嘱是以防万一。安排好各种事务是在为余生毫无忧虑地度过做准备。写完此书我便会知道我立身于何处。到那时候，我就可以随心所欲地做任何要做的事情了。

不可避免的是，我会在书中重复一些之前说过的事，因此我将这本书取名为《总结》（*THE SUMMING UP*）。法官对案件进行总结时，会概括重述摆在陪审团面前的事实，以及对律师发言进行评论。他不会提供新的证据。既然我已将我的一生写进了我的作品中，所以在这本书中我所说的很多东西自然会在那些作品中找到。凡是在我的兴趣范围内，很少有我未曾或轻松或严肃地探索过的话题。我现在所能尝试做的全部，就是将我的感受和想法融合成一幅连贯的画面。在书中的各处，我或许还会更详细地阐述某些观点，之前受制于小说和戏剧体裁的限制，我只会蜻蜓点水般略述一二。

这本书必须要以自我为中心，书中要写的东西于我而言很重要，是关乎我自己的，因为我只会探讨影响过我的一些主题。但是它无关于我自己的作为。我不想展露自己的心迹，并且对希望读者进入我内心世界的亲密程度做了限制。考虑到隐私问题，有些事情我需要有所保留。想必任何人也不能向别人袒露内心所有的秘密。不仅是虚荣心阻止那些曾努力向世界展露自我的人说出全部真相，利益亦驱使他们这么做。他们对自己失望，惊讶于自己可以做一些看起来很反常的事情，这些都使他们过分强调那些自以为超乎寻常的事情。卢梭（Rousseau）在他的《忏悔录》（*Confessions*）中叙述了各种触发人类情感的恩恩怨怨。他将那些事件毫无保留地落到纸上，以至于歪曲了自己的价值观，在他的书中出现的这些事件，也被赋予了比在他的生活中更高的重要性。除此之外，还有很多合乎德行或至少是道德中立的事件，但卢梭对它们不施笔墨，因为这些都太平凡而不值得去记录。有一种人不关注自己的善行，但深受恶行的折磨。这是最常书写自我的一种人。他略去了自己的可取之处，展示给世人的尽是软弱、无原则、品行不端的形象。

我写下这本书，为的是使我的灵魂摆脱某些观念的困扰，这些观念已经在我的灵魂中徘徊了许久，造成了我的不适。我无须说服任何人。我缺乏教导人的天性，因为我从未想要将自己的一知半解传授给别人。我并不在乎人们如何看待我。当然，我认为自己是对的，否则我不会那样想，他们的做法不对，但我并不会因此恼怒。即便我发现我的判断与大多数人截然不同，这也不会对我造成多大的困扰。我相信自己的直觉。

我必须把自己作为重要人物来写。事实的确如此，我对自己来说非常重要。对我自己而言，我是世界上最重要的人。虽然我没有忘记，甚至没有考虑像“绝对”（Absolute）这样宏大的概念，但从常识的角度来看，我的确是个无足轻重的小人物。若是我从未存在过，这个世界也不会有什么不同。尽管我认为，我写的某些作品一定要有意义，但我的意思是，对我而言，这些作品之所以重要，是因为在进行讨论时，我可能会有机会提及它们。我认为，对于严肃的作家（我所指的不仅仅是写严肃事物的作家），他们几乎都不可能完全漠视他们死后自己的作品将遭遇的命运。得到永生并不会使人愉悦（任何情况下，文学作品的影响持续不过几百年，鲜有能“不朽”的），真正让人愉悦的是自己的作品在本国的文学历史上能占有哪怕很小的一席之地，可以让几代人饶有兴趣地阅读。但就我而言，我怀疑这种可能性不大。即使在我的生活中，我也曾看到过，一些在文坛上比我更轰动的作家渐渐被人忘却。我年轻的时候，乔治·梅瑞狄斯（George Meredith）和托马斯·哈代（Thomas Hardy）似乎注定要辉煌下去。但是对今天的年轻人来说，他们已经不再那么重要了。毫无疑问，不时会有评论家寻找一个主题去写一篇关于他们的文章，这可能会使各地的读者从图书馆里借阅他们的一两本书。但我认为，很明显他们两人都没有写过任何可以与《格列佛游记》（*Gulliver's Travels*）、《项狄传》（*The Life and Opinion of Tristram Shandy, Gentleman*）或是《汤姆·琼斯》（*Tom Jones*）相提并论的作品。

在接下来的章节中，如果我表达自己观点时有点武断，那只是因为我觉得用“我想”或“我觉得”作为句子开头会很令人厌烦。我说的一切只是我自己的看法。读者可以接受，亦可以拒绝。如果读者有耐心读完下面的内容，就会发现，我确信只有一件事是肯定的，那就是我们所能确定的事情少之又少。

目 录

\第一讲\

写作是一种微妙的艺术

写作是一种微妙的艺术

我曾翻阅我年轻时写过的作品，想看看我究竟具有怎样的禀赋，也就是我天生的“底子”——那种我未曾考虑将其发展的原生资质到底如何。那时我的态度之中有一丝傲慢（或许太过年轻，倒是可以原谅），还有一种本性上的缺陷——脾气暴躁，但我现在只谈论我自我表达的方式。在我看来，我仿佛生来就思路清晰，在简单对话写作方面天资非凡。

当时著名剧作家亨利·阿瑟·琼斯（Henry Arthur Jones）读了我的第一部小说之后，告诉他的一位朋友，假以时日，我应会成为当代最成功的剧作家之一。我想，他一定是在小说中看到了我会用直接而有效的方式来呈现一个戏剧感很强的场景。我的语言平淡，词汇有限，语法稀里糊涂，文章中充满陈词滥调。但是写作于我而言是一种本能，就像呼吸一样自然，我不会停下来思索自己写得好坏与否。数年后，我才恍然大悟，写作是一种微妙的艺术，需经历一番辛苦方能习得。我不得不承认这一发现——我发现将自己的想法诉诸笔端的时候举步维艰。我可以流畅地书写对话，但一旦涉及描述时，我就会陷入各种各样的困惑之中。仅仅是理顺两三个句子，我都会耗费两三个小时。我下定决心自学如何写作。不幸的是，没有人帮助我，以至于我犯了很多错误。如果有人像我刚才所提到的那位有魅力的先生那样指导我，我会节省多少时间啊。那个人可能会告知我，在某一方面我拥有怎样的天资，该朝哪个方向培养发展，以及试图在没有天赋的事情上努力是没有用的。但在那时，人们追捧句子华丽的散文，用华丽的短语和使用了新奇词汇而使文章生硬的句子来寻求文章质感的丰满：理想的文章就如用黄金装饰的锦缎，沉甸甸的，可以屹立不倒。聪明的年轻人热情地阅读沃尔特·佩特（Walter Pater）的作品。常识告诉我，那些作品没有“营养”。在那些精致、优美的词句之后，我看到一种疲乏不堪、苍白无力的人性。我朝气蓬勃，精力充沛。我想要新鲜的空气、行动和猛烈的东西，我发现在那种沉闷、浓香的气氛中，我难以呼吸，在安静到只有轻声耳语才得体的房间里，我坐立难安。但我不会听从常识。我说服自己，这就是文明的高峰，外面的世界里，人们呐喊、咒骂、装傻、嫖妓、酗酒，我对此嗤之以鼻。我阅读奥斯卡·王尔德（Oscar Wilde）的论文集《意图》（*Intentions*）和长篇小说《道林·格雷的画像》（*Picture of Dorian Gray*）。我陶醉于王尔德笔下那些描写莎乐美（Salome）的璀璨华丽又极为少见的句子。我被自己词汇量的贫乏所震惊，便带着纸笔去了大英博物馆，记下那些稀世珠宝的名字、古老珐琅的拜占庭色调以及织物给予感官的享受，并以精美的句子把它们描绘一番。

幸运的是，我没找到机会使用它们，它们就躺在一本旧笔记本里，随时准备着给想写废话的人。人们普遍认为，钦定本《圣经》是用英文所创作的最伟大的作品。我孜孜不倦地读《圣经》，尤其是其中的《雅歌》（*Song of Solomon*），记下那些打动我的措辞，以便日后使用，并列出了不同寻常或漂亮的词语。我还研究了杰里米·泰勒（Jeremy Taylor）的《圣洁的死亡》（*Holy Dying*）。为了模仿他的风格，我成段抄写，并试图凭借记忆默写出来。

我费这般力气得到的第一个回报，是一本关于安达卢西亚（Andalusia）的小书，名为《圣母之地》（*The Land of the Blessed Virgin*）。前几天，我得以阅读其中的部分内容。我比先前更加了解了安达卢西亚，也使我改变了对我曾写过的很多东西的看法。这本书在美国不断进行小规模的销售，我觉得或许值得将其改编一下。但我很快就意识到这是不可能的。这本书好似是一个我完全忘记的人写的，这让我很抓狂。但我关心的是散文，因为这对我来说是一种文体练习，这种文体值得玩味，充满暗喻，精心设计。它既不从容，也不自然。它闻起来像温室里的植物和周日的晚餐，像贝斯沃特（Bays-water）某所大房子里通向餐厅的温室里的味道。散文中有很多韵律优美的形容词，词汇都富于情感。它并不会让人想起流金溢彩的意大利锦缎，而是一种由伯恩-琼斯（Burne-Jones）设计、莫里斯（Morris）重制的窗帘布料。

我不知道是否有一种潜意识的感觉告知我，这种写作违背我的本意，还是一种天生的有条不紊的思维方式，在那时导引我把注意力转向奥古斯都时期（Augustan Period）的作家。乔纳森·斯威夫特（Jonathan Swift）的散文让我着迷。我打定主意，这才是最完美的写作方式，便开始像研读杰里米·泰勒（Jeremy Taylor）一样，研读他的作品。我选择了《一只桶的故事》（*The Tale of a Tub*）。据说主教本人晚年重读这本小说时，曾感叹道："那时我是何等地有才华啊！"在我看来，其他作品更能展现出他的才华。《一只桶的故事》是一篇读起来令人生厌的寓言，讽刺戏谑，但其风格值得赞赏。我无法想象用英文能写出比这再好的作品。文中没有华丽的辞藻、巧言令色或夸张的形象。这是一篇文风得体的散文，自然、审慎而又尖锐，无须用夸张的词汇来让读者惊讶。斯威夫特好像擅于使用头脑里第一个出现的词，但他头脑敏锐，逻辑思维强大，所以那个词总是很恰当，他也总能把它置于合适的位置。他的句子的力度和平衡归功于他高雅的品位。像之前那样，我抄写了一些段落，然后试着凭借记忆重新写出来。我试着改变原文中的词语或顺序，但我发现，似乎非斯威夫特用的词不可，行文顺序也无法更改，因为那是唯一可能的顺序。这篇散文真是无懈可击。

但完美也存在着一个严重的缺陷：它容易因审美疲劳而变得乏味。斯威夫特的散文就像一条法国运河，两岸绿杨成荫，贯穿一个优雅而地势起伏的国家。它宁静的魅力让你感到满足，但它既不会调动情绪，也不会激发想象力，你读着读着就厌烦了。所以，你可能会称赞斯威夫特的明晰、简洁、自然、不矫揉造作，但很快你就会发现，除非他讲述的事情让你特别感兴趣，否则你就要走神了。我想，如果能够再来一次，我会把研读斯威夫特那篇文章的精力投入到德莱顿（Dryden）的散文上。我在不想继续煞费苦心时，才邂逅了德莱顿。他的散文很美，虽没有斯威夫特的完美，也没有艾迪生（Addison）的逸雅，但它带给人的是一种春天般的欢愉，一种闲谈的轻松，一种无忧的率性，令人着迷。德莱顿是一位非常优秀的诗人，但是人们并不认为他具有抒情的特质。奇怪的是，恰恰是这种特质，在他轻柔闪耀的散文里律动。在英国，从没有这样写作的散文，自那时起也很少有人能那样写。德莱顿在那个快乐的时刻盛极一时。他天生就掌握了詹姆士一世时期（Jacobean）语言的铿锵有力和繁复厚重，受从法国人身上学到的敏捷和雅致的影响，他将语言转化成一种工具，既适合严肃的主题，又可以表达对逝去瞬间的轻松随想。他是首位洛可可（Rococo，法国十八世纪以浮华纤巧为特色的艺术风格）艺术家。如果斯威夫特让你联想到法国运河，那么德莱顿则会让你想到英国绕着山丘蜿蜒流淌的小河，悄然穿过繁忙的城镇和依偎的村庄，可能会在某个宏伟的河段稍作停留，然后有力地在山野林地奔腾而过。它充满生机，变化多端，迎风沐雨，具有令人愉悦的英国田野气息。

的确，我所做的工作对我来说大有裨益，我开始越写越好；当然，我写得还不够好，文章僵硬，不自然，我试图在所写的语句中融入一种模式，但没有看到这种模式其实是有目共睹的；我又研究如何措辞，却没有意识到，在十八世纪初觉得自然的语序在现在反而是最不自然的。我尝试用斯威夫特的方式写作，却无法达到他那种自然而恰当的效果，这正是我对他甚为钦佩的地方。我写了一些戏剧，然后放弃了除了对白的任何文体的写作。五年之后，我才开始再次创作小说。那时我已经没有任何成为文体家的勃勃雄心了，我把所有关于精美作品的想法抛在脑后。我想尽可能地用自然真挚的方式写作，无须任何语言的修饰。我有很多话要说，不能浪费任何语言。我只是想把事实摆出来。我给自己设定了一个看似不可能的目标——决不使用形容词。我想，若是能找到一个确切的术语，就不必使用修饰性的形容词。正如我脑海中那幅画面——我的书就像一封长长的电报，为了节约，就省掉了所有不必要的字眼。自我校正完样张后，书就再没被读过，也不知道我是否接近那个目标。我的印象是，它写得至少比我以前写的任何东西都自然，但我确信它写得马马虎虎，里面有很多语法错误。

从那以后，我写了很多其他的书。虽然不再系统地去研读前辈大家的作品（因心有余而力不足），但我不断加倍努力，为的就是写得更好。我发现了自己的局限性，在我看来，唯一明智的做法就是在我能力范围之内，尽力做到最优秀。我清楚自己没有抒情的特质。我的词汇量很少，我努力去扩大词汇量却收效甚微。我几乎没有隐喻的天赋，我很少想到原创而又鲜明的比喻。我不会诗情勃发，浮想联翩。我可以在别人身上欣赏这种写法，如同欣赏他们那些牵强的比喻以及用以表达思想的虽不寻常却有启发性的语言，但我自己的作品从不会有这样的润饰，尝试做一些对我来说不容易的事情让我疲惫不堪。另一方面，我的观察力敏锐，能够看到很多别人忽略的东西，然后把它们清楚地描述下来。我拥有一种富于逻辑的感受力，即使对词语的丰富和奇特没有强烈的感受，也会对它们优美的声音有独特的理解。我知道我永远无法写得如我期望中的那样好，但我想付诸辛苦努力，自己可以写作，在天生缺陷的限制下发展到最好的状态。经过深思熟虑，我觉得自己必须以清晰、简洁和悦耳为目标，这三种特质是按照其重要与否依次排列的。

写作的目标之一：清晰

我几乎无法忍耐那些声称读者需要努力才能理解其含义的作家。你只要去见伟大的哲学家就能明白，我们完全可以用清晰的方式表达最微妙的思想。你可能会发现很难理解休谟（Hume）的思想，如果不进行哲学方面的训练，你绝对想不到他要表达的含义。但受过教育的人都能准确理解每个句子的含义。哲学家贝克莱（Berkeley）写的英文可以说最为优雅而有魅力。作家作品中有两种类型的晦涩难懂。一种是由于疏忽，另一种是有意为之。人们常写得晦涩难懂，因为他们从来没有花心思去学习如何清楚地写作。现代哲学家、科学家，甚至文学批评家也经常会出现这个问题。这确实很奇怪。人们本以为，那些毕生研究文学大师的人，对语言之美定会十分敏感，即使写得不漂亮，至少也要写得明晰。然而，你会发现，要将他们的作品读两遍才能明白其意思。那么通常你只能猜测，显然作者没有说出自己的意图。

之所以会晦涩难懂的另一个原因，是作者本人并不十分清楚自己的意思。他对自己想表达的东西有一种模糊的印象，但是，不知是因为缺乏心智还是懒惰，他无法在脑海中准确地予以构想，那他无法将这样一个混乱的想法精准地表述出来也在情理之中。这很大程度上是因为许多作家在动笔时才开始思考。笔头催生了思想。这样做的不利之处（事实上也是作家必须时刻警惕的危险），在于如此写下的文字带有某种魔力。想法通过有形的文字呈现出来，这就遮挡了它本身的清晰。但这种隐晦很容易并入故意为之的情况之中。一些头脑不清晰的作家倾向于认为他们的思想比初看上去更有意义。要说相信这些思想太过深刻，不便于清楚地表达，以至于读者无法理解，那必定是奉承话。而且很自然地，对于这些作家来说，他们不会意识到问题在于他们的头脑没有精确表达的思考能力。这时候，书面文字再次彰显魔力。人们很容易这样想，一个自己并不完全理解的短语可能蕴含着比他们所理解到的更多的东西。由此，很容易让作家养成一种习惯，即把自己的印象以最初的模糊状态记录下来。人们发现，傻瓜总能发现那些隐藏在自己身上的某种意思。还有另一种形式的故意隐晦，将其伪装成贵族式的唯我独尊。作者把自己的意思神秘化，以便粗俗的人不能领略其中之意。他的灵魂是一个秘密花园，读者只有在克服了一些危险的障碍后才能被选中并进入其中。但这种晦涩不仅矫揉造作，而且毫无远见。时间会揭示一切。如果意思贫乏浅薄，那么随着时间的推移，它就会变成一堆毫无意义的废话，没有人想读它。那些被纪尧姆·阿波利内尔（Guillaume Apollinaire）所诱惑的法国作家的作品就遭遇了这样的命运。但有时，这种晦涩给那些看似深奥的作品投以尖锐的冷光，从而揭示了这样一个事实：语言的扭曲其实掩饰的是非常普通的概念。现在马拉美（Mallarme）的诗歌基本都清晰明了了，人们都注意到他的思想特别缺乏独创性。他的许多诗句都很美，但诗歌的素材是那个时代的陈词滥调。

写作的目标之二：简洁

简洁并不是像明晰那样显而易见的优点。我之所以把它作为目标，是因为我并无使文字丰富的天赋。我适度地欣赏他人的丰富，虽然我发现大量融会消化它们很难。我可以畅快地读上一页罗斯金（Ruskin），但若读二十页那就唯有厌倦了。句式起伏，沉思翰藻，富有诗意联想的名词，赋予句子力量和壮美的从句，像辽阔的大海上接踵而至的海浪那般壮丽；毫无疑问，所有这些不乏令人振奋启迪的东西。如此穿起来的词语如音乐般入耳。这种吸引力更多是感官上的而非智力方面的，声音的美妙很容易让人认为，可以不去理会句子的意义。但言语是专横的，它只为意义而存在，如果人们不留心这些，那就根本无法专心注意，心思就会游移飞扬了。这种写作需要有一个合适的主题。用这种华丽的风格写作琐碎的事情非常不合适。在用这种方式写作方面，托马斯·布朗爵士（Thomas Browne）最为成功，但即便是他也并非总能避开这个陷阱。《瓮葬》（*Hydriotaphia*）的最后一章“人的命运”，其语言非常符合华美的巴洛克风格，在书中这位来自诺里奇（Norwich）的医生写出了一篇在文学史上后无来者的散文。但当他用同样华丽的风格描述其骨灰瓮的发现时，效果甚微，并不令人愉快（至少对我的口味而言是这样）。一位现代作家夸张地向你讲述一个妓女和一个不起眼的年轻人上床的故事，你觉得很恶心就对了。

但是，如果需要丰富鲜有人具备的那种天赋，那简洁绝非自然而来。要做到这一点需要严格的训练。据我所知，我们的英语是唯一一种有必要给一个辞藻华丽的段落加上一个名目的语言。除非它具有典型性，否则没有必要这样做。英文散文很精巧，而非简洁。当然，情况也并非总是如此。没有什么比莎士比亚的散文更生动、直率、有生气了，但是需要记住的是，这是对话，写来是为了让人说的。我不知道如果他像高乃依（Corneille）那样为自己的戏剧作序，他会怎么写，或许会像伊丽莎白女王（Queen Elizabeth）的书信那样辞藻华丽。但是，早期的散文，例如托马斯·莫尔爵士（Sir Thomas More）的散文，既不沉闷，也不华丽，更非雄辩的。它有点英国泥土的气息。在我看来，钦定本《圣经》对英国散文产生了不良影响。我并非愚蠢到否认它的美感，很显然，其中有一些段落的简洁的确动人至深。但《圣经》是一本东方式的书。其中的异国意象与我们并无关联。那些夸张和美妙的隐喻对我们的天性来说相当陌生。我不禁认为，英国脱离罗马教会给我们国家的精神生活带来了很大不幸，因为《圣经》在很长一段时间里成了人们的日常（对很多人来说还是唯一的）读物。那些韵律，那有力的词语，还有夸张的语言，业已成为民族情感的重要部分。简单、实在的英语语言被修饰语淹没。率直的英国人扭曲了舌头，像希伯来先知一样说话。英国人的脾气中显然有一些与之相适应的东西，也许是天生的思想不严谨，也许是本身就喜爱美妙的辞藻，或许是天生的怪癖抑或是喜欢粉饰……我不知道。但事实就是，从那时起英国散文就一直如此，不得不对抗华丽之风。语言的精神不时地进行自我坚持，但是就像德莱顿（Dryden）和安妮女王（Queen Anne）时代作家们的遭遇一样，它只会再一次被吉本（Gibbon）和约翰生博士（Dr.Johnson）的浮夸所淹没。赫兹里特（Hazlitt）、文学家雪莱（Shelley）和处在鼎盛时期的查尔斯·兰姆（Charles Lamb）使得英国的散文重获简洁，然而，德·昆西（De Quincey）、卡莱尔（Carlyle）、梅瑞狄斯和沃尔特·佩特又使其再度失去。很明显，华丽风格的东西比朴实无华的更引人注目。事实上，许多人认为不能引人注意的风格不能称之为风格。他们欣赏沃尔特·佩特的作品，却愿意读马修·阿诺德（Matthew Arnold）的文章，里面有他不得不说的内容，人们却丝毫不会注意他写下这些话时的优雅、独特和冷静。

常言道，文如其人。这句俗语，意味过于深长，鲜有人全部领会。歌德（Goethe）作品中的人物在哪里？在其小鸟般活泼轻快的诗句中，抑或是在其笨拙不堪的散文里？还有赫兹里特（Hazlitt）呢？但我想如果一个人头脑糊涂，文章就会写得杂乱无章。如果他的脾气反复无常，他的散文就会荒诞不经。如果拥有能同时处理手头诸多事情的敏锐智力（除非他有很强的自制力），那他就会用隐喻和明喻。詹姆士一世时期作家的华而不实与吉本和约翰生博士的浮夸之间存在巨大差异，前者陶醉于新近进入英语的富丽风格，而后者则被一些不良理论毒害了。我能欣然阅读约翰生博士写的每一个字，因为他判断力强，极具魅力，辞令巧妙。若不是他有意用一种壮丽的风格进行写作，那么他的笔头功夫将无人能匹敌。他对英文的好坏也有很好的鉴别力，没有哪位评论家能比他更绝妙地称赞德莱顿的散文了。他这样评价德莱顿，除了能够清楚有力地表达自己，他似乎不懂其他方面的艺术。他在《诗人传》（*Lives*）一书的最后写道："作家想要达到一种亲近但不粗俗、优雅但不浮华的写作风格，必须日夜钻研艾迪生（Addison）的作品。"但是当他自己坐下来创作时，目标却大不相同。他误把浮夸之词视作威严高贵。他的修养还不够认识到简洁和自然才是"卓越"的至真标记。

是否有好的风格手法决定是否能写出优秀的散文。与诗歌不同，它是一种平民艺术。诗歌是巴洛克式的，而巴洛克艺术是悲剧性的，是厚重而神秘的。它也是强大的，需要深度和洞察力。我不禁觉得巴洛克时期的散文作家都迷失了方向，譬如钦定本《圣经》的作者，托马斯·布朗爵士（Sir Thomas Browne）和格兰维尔（Glanviile）。散文是一种以浮华纤巧为特色的洛可可艺术。它需要鉴赏而非力量，得体而非灵感，气势而非华美。诗人好比马衔和缰绳，没有它们，人们就无法骑马（除非你是杂技演员），但散文作家就好比汽车底盘，没有它，汽车就不存在了。洛可可艺术风格以其优雅和温和的方式在其诞生时就达到了巅峰，最好的散文就是在这个时期写成的，这并非偶然。巴洛克风格日益变得雄辩激昂，世人厌倦了这种振奋人心的风格，要求克制，这时洛可可风格发展起来。这是崇尚文明生活的人们的自然表达。幽默、宽容和常识使得十七世纪上半叶那些大的悲剧事件显得有些过分。这个时代更适合生活，这也许是几个世纪以来，上层阶级第一次可以坐下来享受闲暇时光。据说优秀散文的创作应该像一个有教养的人的谈话，只有当人们摆脱急迫焦虑时才能展开谈话。他们的生活必须相当安全，无须对自己的灵魂感到严重隐忧。他们必须重视文明的风雅，重视礼节，以及自己的仪容（难道我们都不知道，优秀的散文应该像一个穿着考究的人的衣服，得体而又不张扬吗？）。他们必须害怕使人无聊，必须既不轻浮也不严肃，且总是恰合身份，他们一定以批判的眼光看待“热情”。这是一片适合散文蓬勃生长的沃土。毋庸置疑，它为我们现代世界所见过的最优秀的散文作家——伏尔泰（Voltaire）——的出现提供了机会。英语作家，也许由于语言的诗性，很少能达到他那种卓越，而对他来说这是自然而来的。他们已经接近法国大师那样的轻松、清醒和精确，就此而言，他们已经令人钦佩了。

写作的目标之三：悦耳

我所提及的三个特征中，最后一个是和谐悦耳。你是否认为悦耳之音重要，取决于你耳朵的敏感程度。许多读者和令人钦佩的作家都缺乏这一品质。正如我们所知，诗人擅于使用头韵。他们相信声音的重复会产生美感。但我不认为散文也应如此。在我看来，在散文中，头韵只适用于特殊的情况。若随意使用，听起来就会产生令人不快的感觉。但随便使用头韵的现象太普遍了，使人们只能勉强接受。许多无所顾忌的作家会把两个押韵的词放在一起，把一个怪诞的长形容词和一个怪诞的长名词连在一起，或者在一个词尾和另一个词头之间加一个辅音连词，使你几乎发不出声。这些例子还只是小巫见大巫。我讲这些只是为了证明，若是细心的作家写了这样的东西，那只能是因为他们没长耳朵。文字有分量、声音和外形，只有考虑到这些，才能写出一个优美动听的句子。

我读了很多关于英语散文的书，但发现从中受益甚微。它们大多数模糊不清，过度理论化，充斥着责备的言语。但对于福勒（Fowler）的《英语用法词典》（*Dictionary of English Usage*），就不能这样说了。这是一本有价值的书。我认为没有人的写作水平好到无法从中学到很多东西的程度。这是一本生动有趣的读物。福勒喜欢简约、直率和常识。他对矫揉造作不能容忍。他有一种感觉：习语是一门语言的支柱，他非常提倡原汁原味的措辞。他不盲目崇拜逻辑，愿意按照语法规则来赋予措辞正确使用的权利。英语语法确实非常困难，很少有作家能避免在这上面犯错误。例如，像亨利·詹姆斯（Henry James）这样谨慎的作家，有时也会写出不合文法的句子。如果校长在一个小学生的文章中发现了这样的错误，是很有理由发脾气的。人们有必要知晓一些语法，最好是合乎文法地进行写作，但要记住语法是常用的表达方式。使用才能出真知。与合乎语法规则的短语相比，我更喜欢简约且不受语法影响的短语。法语和英语的一个不同之处在于，在法语中合乎语法是件很自然的事情，但在英语中，并非总是如此。在书面英语中，鲜活的说话声音想要支配印刷文字的样子是不容易的。我对文体风格做了大量的思考，煞费苦心。我写过几页，觉得自己无法改进，我也写过太多自己都不满意的东西，因为不管怎么努力，也无法写得更好。约翰生（Johnson）评论蒲柏（Pope）的话我怎样都做不到："他从来不轻易漠视一个错误而不加改正，也不因失望而将其放弃。"我不能随心所欲地写作，我只能尽我所能地写作。

但福勒的耳朵不够灵敏，他没有看到简洁有时会对悦耳做出让步。我认为，若是那些牵强、过时甚至矫揉造作的词听起来比率直、明显的词好听，或是能够使句子更加平衡，使用它们并无不妥。需要补充的是，你可以毫不犹豫地让步于悦耳的声音，但不应该让步于那些可能掩盖意思的东西。把事情写清楚比什么都好。除了可能使文章干瘪，你没有拒绝把话说得清晰简洁的理由。如果你认识到秃头比戴假鬈发更好，那么这个冒险便值得一试。但是，悦耳之声的风险也不容忽视。它可能会显得单调乏味。乔治·穆尔（George Moore）最初写作时，他的风格不尽如人意，它给人的印象是他用钝铅笔在包装纸上写字。但他逐渐发展出一种富有音乐性的英语。他学会写听上去朦胧恍惚的句子，这让他非常高兴，以至于写起这样的句子一发而不可收拾。他终究没有逃过单一老套。这就像是海水拍打着遍布卵石的海滩的声音，过于舒缓，让人几乎感觉不到它的存在。它柔美流畅，这时，你渴望一些刺耳的声音，一种爆发的不和谐之音，以此打断这种柔丝般的和谐。我不知道该如何预防这种情形。我想，最好的办法就是作家拥有比他的读者更强的厌倦机能，以便在读者厌倦之前先察觉到。作家必须时刻注意避免矫揉造作，尤其是当笔尖轻易写出某些韵律时，要问一问自己这些有没有使文章显得呆板。的确，在使用已成形的习语表达观点的时候，人们很难发现它何时已经失去了独特的味道。正如约翰生博士所说："一旦形成了一种风格，后来就很少能完全自由地写作了。"令人钦佩的是，我认为马修·阿诺德的风格适合他特定的写作目的，但也必须承认，他的风格主义常常令人恼火。他的风格是一劳永逸锻造出来的工具，但不能像人类的手那样灵活地完成各种动作。

如果能够清晰、简洁、和谐而又活泼地写作，那就到了炉火纯青的地步，可以与伏尔泰相媲美了。但是，我们知道追求生动有多么致命：它可能会导致梅瑞狄斯那样的无聊杂耍。麦考莱（Macaulay）和卡莱尔以不同的方式引人注意，但是在真朴自然方面付出了沉重代价。这种浮华效果分散了人的注意力，降低了说服力。如果一个人带了一个铁环，每走一步都从铁环中跳一下，那你是不会相信他本是要去犁地的。好的风格不应该显露出任何努力的迹象，所写的内容应该是“无心插柳柳成荫”的结果。我认为，在法国，没有人比科莱特（Colette）写得更令人钦佩了，她的作品中表现出来的从容，使你无法相信她为此付出了多大的努力。有人告诉我，有些钢琴家天生擅长演奏的技巧，而大多数演奏家只能通过不懈的努力才能达到这种地步，我愿意相信有些作家也同样幸运。其中，我认为科莱特可能多半是如此。我便问她。听到她说对每部作品自己都反复地写作多遍时，我大吃一惊。她告诉我，她经常把一整个上午的时间都花在一页稿纸上。但是如何获得从容的效果并不重要。就我而言，如果想要取得这种效果，唯有通过艰苦的努力。我的天分不够，很少能够找到恰当又不牵强或陈腐的字眼以及措辞。

写作应以“今天的写作方式”创作

我曾读过的书上说阿纳托尔·法朗士（Anatole France）试图只使用他非常钦佩的十七世纪作家的句法结构和词汇。我不知道这是不是真的。如果是这样，倒是可以解释为什么他优美而简洁的法文中缺乏某种活力。但是，如果因为不能以某种方式表达出来，就不去说本应该说的，那这种简洁就是错误的。一个人应该以其所处时期的方式写作。语言是活生生的，不断变化的。试图模仿遥远过去的作家写作只会导致不自然。我会毫不犹豫地使用今天的日常用语，尽管我知道它们可能只会流行一时，某些俚语生动又真实，我也会使用它们，尽管我明白可能十年后人们就无法理解它们。如果文体风格具有一种正统的形式，那么它也会支持某种措辞的谨慎使用，虽然这种措辞可能只有一种地域的和暂时的适合性。我宁愿作家庸俗，也不愿他们装腔作势。生活就是庸俗的，而他们寻求的就是生活本身。我认为，美国作家有许多地方值得英国作家学习，因为美国文学已经摆脱了钦定本《圣经》的专制统治，美国作家也没有受到先前那些大师的影响，而那些大师的写作模式却成为英国文化的一部分。美国作家也许在不知不觉中形成了自己的风格，更直接地运用来自他们生活中的生动语言。最妙之处在于它的直接、活力和动力，使我们对更温文尔雅的写作方式充满倦怠感。这对美国作家来说是一个优势，他们中的许多人曾一度是记者，他们报纸杂志的语言比我们的更为犀利、精练、生动。我们今日读报纸就如同我们的祖先读《圣经》。也并非无利可图，因为报纸，特别是通俗报纸，给我们提供了一部分我们不容错过的经历。这些素材直接来自牲畜屠宰场，若我们因为那里混杂着血腥和汗臭就对其嗤之以鼻，那我们就太愚蠢了。即使我们不情愿，还是不能逃避这种日常生活散文的影响。但是，同一时期的新闻风格非常相似，可能均为一人之手所写，一般是客观且隐去个性的。通过阅读其他类型的文体来抵消它的影响是一个不错的办法。人们只有不断地接触离自己不远的年代的作品，才能做到这一点。这样，人们才可能用一种标准来检验自己的文体风格，也能形成某种理想模式，让人们用现代的方式朝其他方向努力。就我而言，我发现为达此目的，向赫兹里特（Hazlitt）和枢机主教纽曼（Cardinal Newman）两位作家学习最有裨益。我谁也不想模仿。赫兹里特的修辞过于夸张，有时他的修饰语和维多利亚时代的哥特式建筑一样过分装饰。纽曼的语言有点花哨。但他们最好的一面都令人钦佩。时间几乎没有改变他们的风格，它几乎是当代的。赫兹里特生动，令人振奋，精力十足。他有力量，有生气。他的语言足以使人们感受到他这个人不是那个为世人所知的卑鄙、爱发牢骚、不讨人喜欢的人，而是他自己理想中的那个人。（而我们内心深处的人，与我们在现实生活中的那个人，外表看起来似乎一样真实，可怜又迟疑。）纽曼有着优雅的特质，有一种时而嬉戏时而严肃的音乐性，其词语优美如林间草地，端庄而清醇。两人都写得非常清晰，但都不具有最纯粹的品位要求的那种简洁。我认为在这方面马修·阿诺德胜过他们。两人都能很好地平衡措辞，知道如何写出赏心悦目的句子。两人都有极度敏感的听觉。

如果有人能够以今天的写作方式创作，并融合他们的优点，那么他就会在创作方面独占鳌头了。

/第二讲/

创造自己的生活模式

创造自己的生活模式

我时常问自己，如果我一生献身于文学，是否会成为一名更优秀的作家。早些年间，记不清多大了，我曾下定决心，既然生命只有一次，我想尽我所能地实现它最大的价值。对我而言，仅仅写作似乎不够。我想创造一种自己的生活模式，写作将是其中必不可少的要素，但还包括其他适合人类的活动，最终死亡将为我这一生的圆满完成画上句号。我有很多缺陷：身材矮小，有耐力但体力不足，说话结巴且容易害羞，还有健康状况不佳。我没有游戏细胞，在英国人的正常生活中，游戏可是扮演着非常重要的角色；不管是出于上述这些原因还是出于天性，对于同伴，我都会有一种本能的畏缩，这种畏缩使我很难与他们亲密相处。我曾喜欢过几个单个的人，但从不喜欢一群人。我没有那种在初次相识时就让人喜爱的迷人之处。虽然这么多年来，在被迫与陌生人接触中，我已学会表现出一副热心诚恳的样子，但我从来没有第一眼喜欢上任何人。我想我不会在火车车厢里主动跟陌生人打招呼，也不会主动和同船的乘客说话，除非他们先开口。我羸弱的身子使我无法参与到人们酒后的侃侃而谈，早在我能达到醉酒的状态之前——醉酒使得人们达到一种默契，对互相称兄道弟乐此不疲——我的胃里已经在翻江倒海，整个人都难受得不得了。对于作家和人类来说，这些都是严重的缺点。我必须妥善处理它们。我坚持不懈地按照自己的模式行事。我并不是说这种模式有多么完美。我认为，在当前情况下，在上天赋予我的非常有限的能力范围内，这是我所能期望的最好的模式了。

亚里士多德在寻求人的特殊功能时认为，由于人类与植物一样生长，与动物一样感知，并且独有理性的因素，所以人类的特殊功能就在于其灵魂的活动。由此他得出结论，并非如人们所想的那样——人类应培养其所属的三种活动方式，而应该追求人类自身所特有的那一种。哲学家和道德家一直用怀疑的眼光看待人类的肉体。他们指出，肉体的满足是短暂的。但短暂的快乐也是快乐，因为快乐不是永恒的。炎炎夏日，跳进冷水里令人愉快，即使只是待了一会儿，皮肤对冷水就不那么敏感了。白色不管是持续一年还是一天，都不会变得更白。我一直试图寻求一种模式，来体验所有感官享受，而短暂的快乐就是这种模式的一部分。我并不害怕“过度”：偶尔的过度会令人兴奋。它可以防止“适度”成为使人麻木的习惯。快乐能调节身体系统，放松神经。在肉体得到满足时，精神常常最为自由。确实，有时候，在阴沟里看到的星空比在山顶上看到的更为明亮。肉体所能感知的最强烈的快感是性交的快感。我认识一些人，他们一生都专注于此，如今他们年事已高，我惊讶地发现，他们认为此生并未虚度。不幸的是，与生俱来的挑剔个性使我无法尽情享受这种特别的欢乐。我适度节制，因为我很难被取悦。我不时地见到那些在他们完美的情人身上满足了欲望的人，我往往惊讶于他们这种“胃口”的强烈，而并不羡慕他们的成功。当然了，萝卜白菜各有所爱，如果你愿意吃羊肉末儿和萝卜叶儿，就不会经常挨饿。

大多数人由于命运多舛而过着颠沛流离的生活。许多人受命运或维持生计所迫，不得不走上一条笔直而狭窄的道路，在这条道路上，没有向左或者向右的可能，他们只能向前。在这种情况下，他们只能接受这种生活模式。生活本身逼迫着他们。没有原因可以解释这样的模式为什么不像人们自觉努力去实现的那样完整。但是艺术家处于一种特权地位，我使用“艺术家”这个词，并不意味赋予其作品任何价值尺度，而仅仅是指那些潜心从事艺术工作的人。我希望我能找到一个更好的词。“创造者”是个有点矫饰的字眼，而且所必需的那种独创性似乎很难得到证实。“工匠”又显得不够。木匠属于工匠，尽管狭义上可以说他是一个艺术家，但哪怕是最不够格的小文人、最拙劣的画匠都拥有的行动自由，他却没有。在一定程度上，艺术家可以过自己喜欢的生活。你可以自由选择从事其他的任何行业，如医学或法律，但是一旦做出了选择，你就不再自由了。你被你的职业规则所束缚，行为准则强加于你。模式是业已设定的。只有艺术家，也许还有罪犯，可以创造自己的生活模式。

也许是出于一种天生的条理性，在我还很年轻的时候，我就开始为我的生活设计一个模式。也许是因为我在自己身上发现了一些东西（关于这一点，稍后我会略微提及）。这种举动的缺陷在于，它可能会扼杀我的自发性。现实生活中的人和虚构的人之间的一个巨大区别是，现实生活中的人是冲动的动物。有人说，形而上学就是为我们基于本能而相信的东西找到一些否定的理由。也可以说，在生活中，我们通过深思熟虑来证明我们有理由做自己想做的事。屈服于冲动就是该模式的一部分。我认为更大的缺点是它会导致你过多地生活在未来之中。我早就知道这是我的一个毛病，并且试图改正它，却只是徒劳。除了通过意志的努力，我从来不会希望逝去的片刻能稍作停留，以便从中能再多些享受，因为即使它实现了我曾热切期待的事情，但在实现的这一刻，我的想象力却忙于期待即将到来的那种未知的喜悦。每当我走在皮卡迪利大街（Piccadilly）南边的时候，从来不忘关注街北发生的事，这多么荒唐。逝去的时刻是我们完全能够确定的，从它身上我们汲取的最大价值只是常识。"未来"总有一天会成为"现在"，并且看起来和当下的现在一样不重要。但常识对我却没什么帮助。我觉得目前的情况还算令人满意，我只是理所当然地接受它。它交织在我的生活模式之中，而我感兴趣的是接下来会发生什么。

我犯过很多错误。我有时会陷入作家们格外容易陷入的圈套：我希望在自己的生活中实现我作品中的人物所做的某些行为。我曾尝试一些与自己的本性相异的东西，并且顽固地坚持下去，因为我的虚荣心不允许承认自己的挫败。我过分关注他人的意见。我为不值得的东西做了牺牲，因为我没有勇气承受痛苦，我曾犯傻做过蠢事。我有一颗敏感的良心，我在生活中做过一些无法完全忘怀的事，如果我有幸成为一名天主教徒，就可以在忏悔时把那些事都讲出来，并且在苦行赎罪后得到赦免，随后就永久地把它们从脑海中抹去。我必须按照常识去面对和处理这些事。对此我不后悔，因为我认为，正是我自己的这些严重过失，使我学会了宽容他人。这花了我很长的时间。我在青年时，曾很偏执，没有宽容之心。我还记得我听到有人说下面这句话时的愤慨——伪善是罪恶对美德的颂扬。这句话并非原创，但当时对我而言，是第一次听闻。我认为人应该有承担恶行的勇气。我对诚实、正直、真实抱有理想。令我没有耐心的不是人性的软弱，而是怯懦，我不会容忍那些躲避、推诿和见风使舵的人。我从未想到，我比任何人都更需要宽容。

接受自己的善与恶

乍一看有些奇怪，我们的罪行在自己看来，似乎远远没有他人的罪行那样十恶不赦。我想，原因在于我们知道所有导致这种罪行发生的情况，所以设法为自己找借口，却无法原谅别人身上同样的罪恶。我们没有把注意力放在自身的缺点上，当我们迫于一些麻烦棘手的事而不得不考虑它们时，就会发现自己很容易宽恕它们。说不定，我们这样做是对的。缺点是我们的一部分，我们必须接受自己的善与恶。但是，当我们去评判别人的时候，评判他们的并非真实的自我，而是略去了一切违背自己虚荣心或在世人眼里有失名誉的东西，然后才形成的一种形象。举个简单的例子：当我们发现某人在撒谎时，我们对他是十分鄙视的。但是有谁能承认自己不止一次说过谎话呢？当我们发现大人物软弱、小气、欺诈或自私、性事糜烂、虚荣或放纵时，我们感到震惊。许多人认为向公众揭露英雄人物的缺点是可耻的。人与人之间没有太多可选择的余地。伟大与渺小、美德与邪恶、高贵与卑贱，人们都是这些特征融合在一起的大杂烩。有些人拥有更强的人格力量，或者机会比较多，所以在某一方面，他们的本能会得到更自由的发挥，但是他们的潜势是相同的。就我而言，我并不认为自己比大多数人更好或更糟，但我知道，如果我把生活中的每一个行动和所有闪现在我脑海中的想法都写下来，世界就会认为我是一个邪恶的怪物。

我想知道，当一个人自我反省时，是否还能恬不知耻地谴责别人。我们生活中的大部分时间都沉浸在遐想中，我们的想象力越丰富，这种遐想就越生动、多彩。如果把这些遐想自然地记录下来并呈现在我们面前，我们中有多少人能够直面它们呢？我们应该感到羞愧难当。我们应该哭喊道：我们并非真的是那般卑鄙、邪恶、狭隘、自私、淫秽、势利、虚荣和多愁善感。当然，遐想与行为同样也是我们的一部分，如果有人知道我们内心深处的想法，我们还是要对这些想法负责，就像我们应该对自己的行为负责一样。人们忘记了那些在他们自己脑海中徘徊的可怕想法，但当他们在别人身上发现时，却会感到愤慨。歌德在《诗与真》（*Wahrheit und Dichtung*）中，讲述了他年轻时无法忍受他的父亲是法兰克福（Frankfurt）的中产阶级律师。他觉得自己的血管里一定流淌着高贵的血液。因此，他试图说服自己：王子在城里旅行邂逅并爱上了他的母亲，他就是这种结合的产物。我读的那本书的编辑愤愤不平地写了关于这个问题的脚注：他似乎不配做如此伟大的诗人，因为他只是为了势利地炫耀自己那高贵的私生子身份，而去诋毁他母亲毋庸置疑的美德。当然，这是不光彩的，但这并非什么不自然的事，我敢说，这并不少见。一定有不少浪漫、叛逆、富于想象力的男孩子会在心中戏想，他们不可能是自己那愚钝而又可敬的父亲的儿子，他们根据自己的特质，把自己所感受到的优越归因于某个不知名的诗人、某位了不起的政治家或者是一位执政的王子。歌德晚年那超凡的态度激发了我的敬意，那种忏悔给了我一种更温暖的感觉。因为一个人即便能写出伟大的作品，他仍然还是一个人。

我想，当圣徒们献身于善行，忏悔已经救赎了他们过去的罪恶时，正是内心深处这些猥亵、丑陋、卑鄙、自私的想法，违背了他们的意志，折磨着他们。众所周知，圣依纳爵·罗耀拉（St. Ignatius Loyola）去蒙塞拉特（Monserrat）做了公共忏悔后得到了赦免，但他仍然被一种罪恶感所困扰，一直处于自杀的边缘。在皈依天主教之前，他一直过着出身高贵的年轻人的平凡生活。他有点自恋，认为自己仪表不凡，他通奸、嗜赌。但至少有一次，他表现出了少有的宽宏大量，而且他一直都是高尚、忠诚、慷慨和勇敢的。如果他仍然无法实现安宁，那看似他是无法原谅自己的那些想法。知道甚至连圣徒都为此受到了折磨，这会是一种安慰。当我看到世间很多的大人物，表现出如此正直、有尊严的样子，庄重地坐在那里时，我常常问自己，在这样的时刻，他们是否还记得，孤独时他们的思想如何被占据，想起内心深处潜藏的那些秘密，他们是否曾感到过不安。在我看来，如果知道这些遐想对所有人来说都是很平常的，就会激发人们对自己和他人的宽容之心。如果这些想法能使我们以幽默的眼光看待我们的同胞，甚至是最杰出和最受人尊敬的那些人，并且引导我们对自己不要太认真，那也很好。当我听到法官在法庭上虚情假意地进行道德说教时，我问自己，他们是否会像他们所说的那样，完全忘记了他们的人性。我曾希望，他会在英国伦敦老贝利街中央刑事法庭的那束鲜花旁放一包卫生纸。这会提醒他，他也是人，和其他人一样。

有人称我愤世嫉俗，有人指控我把人写得比其原本更坏。我否认自己这样做过。我所做的一切都不过是为了使人类被许多作家漠视的某些特征更加明显。人类最让我吃惊的是他们缺乏一致性。我从来没有见过始终如一的人。令我惊讶的是，最不协调的一些特质会存在于同一个人身上，而且所有的人都会产生一种看似合乎情理的和谐。我经常问自己，看似不可调和的个性特征如何存在于同一个人身上。我认识一些能做出自我牺牲的恶棍、性情温良的盗贼，还有认为其身价物有所值是一种荣耀的妓女。我能做出的唯一解释是，每个人都有这种本能，确信自己在世界上是独一无二的，并且享有特权，他们觉得，不管这对其他人来说有多么错误，他对自己所做的，如果不是自然的和正确的，那至少也是情有可原的。我在人们身上发现的反差让我很感兴趣，但我认为我并没有过分强调它。不时有人责备我，也许是因为我没有明确地谴责我笔下的人物性格中的缺点，赞扬其好的方面。我不会因为别人的过错而大为震惊，除非他们影响了我，即使他们确实影响了我，一般来说，我最终也会选择原谅他们。这一点肯定是我的不对。不要对别人期望太多，这一点倒是对的。当他们善待你时，你应该心存感激，但当他们虐待你时，你也要坦然自若。正如雅典路人（Athenian Stranger）所说的：“我们每一个人都是自己欲望驱使与灵魂本色的产物。”缺乏想象力使人们只能从自己的角度看待事物，而无法从其他角度看待，但如果因为他们缺乏这种能力而对他们生气，就显得不够通情达理了。

如果我只看到人们的缺点却对他们的美德视而不见，我想我理应受到责备。我没有意识到实际情况就是如此。没有什么比善良更美好了，我时常很高兴地展示人是多么善良，而按照公认标准这些人却要受到无情的谴责。我展示它，因为我已经看到了善良。在我看来，因为有时会被罪恶的黑暗所笼罩，所以他们的善良会更加闪亮。我认为善良是理所当然的，当我发现人们的缺点或恶习时，我感到很开心；当我看到恶人的善良时，我会被感动，我愿意耸耸肩，宽容他们的恶行。我不是我兄弟的监护人。我不能去评判我的同伴，观察他们就让我满足。总而言之，我的观察让我相信，就像道德学家愿意让我们相信的那样，好人和坏人之间并没有太大的区别。

从整体上说，我并没有以貌取人。我不知道这种审慎的冷静是否是从我祖辈那里继承下来的，他们若不具备防止被外表所欺骗的精明，就很难成为成功的律师；或者我将其归因于人们见面时缺乏一种情感上快乐的冲动，这种冲动，正如谚语所说，把鹅当作天鹅。作为一名医学生的训练的确使我有所提升。我不想当医生。除了作家，我什么也不想做，但我太害羞了，不敢这么说，而且在那个时候，一个十八岁的男孩，生长在一个体面的家庭，竟然把文学当作一种职业，这是闻所未闻的。这个想法太荒谬了，我甚至从未想过要把它告诉任何人。我一直以为我应该从事法律工作，但我那三个比我大很多的哥哥都在干法律这一行，似乎也没有给我留出什么机会。

我的医生生涯

我很早就离开学校了。我在预备学校里过得并不快乐，父亲去世时，我被送到那里，因为学校在坎特伯雷（Canterbury），离惠特斯特布尔（Whitstable）只有六英里，我叔叔和监护人是那里的教区牧师。它是国王学校（King's School）的附属学校，国王学校是一座古老的建筑物，在我十三岁的时候，就如愿按时入学了。我离开低年级时满心欢喜，因为低年级的老师都是些可怕的恶霸。当疾病迫使我在法国南部度过一个学期时，我很痛苦。我母亲和她唯一的妹妹都死于肺结核，当发现我的肺部也受到感染时，我叔叔和婶婶很担心。我被安置在耶尔（Hyeres）的一个家庭教师那里。回到坎特伯雷时，我并不怎么喜欢那里了。我的朋友交了新朋友。我很孤独。我被转入了高年级，由于落了三个月的课，我在班里有点跟不上。我的班主任老是唠叨催促我。我劝说叔叔，如果我不去上学，在里维埃拉（Riviera）度过接下来的冬天，那会对我的肺有好处，之后再去德国学习德语对我来说也很有意义。我可以继续在那里学习进入剑桥的必学科目。我的叔叔是个软弱的人，我的理由貌似也有些道理。他不太喜欢我，对此我不能责备他，因为我觉得自己不是个讨人喜欢的孩子。但由于那是花费我自己的钱，且花在了教育上，他也很乐意让我按照自己的选择去做。我婶婶非常赞成我的计划。她是德国人，身无分文，但出身高贵。她家有一枚盾形纹章，上面有护盾人以及许多四分纹，她为此很是自豪。我曾在别的文章中说过，尽管她是一个穷牧师的妻子，但却不愿去拜访一位富有银行家的妻子，这个银行家因为做生意，就在附近一所房子避暑消夏。是她安排我去海德堡（Heidelberg）的一户人家，她在慕尼黑（Munich）的亲戚那里听说过这户人家。

但是，当我十八岁从德国回来时，我对自己的未来有了非常明确的规划。我比以前更快乐了。我第一次尝到了自由，所以我无法再忍受在剑桥里受到的束缚。我觉得自己是个男人，非常渴望立刻开始自己的生活。我觉得没有时间可以浪费。我叔叔一直希望我能进教堂做牧师，虽然他明知道我说话结巴，没有比这更不合适的职业了。我告诉他我不会去当牧师，他也以一贯的冷漠态度，接受了我拒绝去剑桥的事。我仍然记得那些关于我该从事何种职业的荒谬讨论。有一种建议让我去当公务员，于是我叔叔就写信给一个在牛津的老朋友——他在内政部（Home Office）担任重要职务，征求他的意见。得到的答复是，由于考试制度以及通过考试进入政府部门的人员的阶层，现在已没有位置给一位绅士了，于是问题就解决了。最终的决定是，我应该成为一名医生。

我对医学并不感兴趣，但它给了我在伦敦生活的机会，让我获得了我渴望的生活体验。1892年秋，我进入圣托马斯医院（St Thomas's Hospital）。我发现头两年的课程非常枯燥，除了勉强通过考试外，我对学业没有更多地关注。我是一个不让人称心的学生。但我有自己向往的自由。我拥有了自己的居所，在那里我可以做我自己。我把房子布置得既漂亮又舒适，为此我感到自豪。我把所有的业余时间以及本应该投入到医学研究的大部分时间，都用在了阅读和写作上。我的阅读很广博，笔记本上写满了关于故事和戏剧的想法、对话的片段，以及对我所读的内容和我正经历的各种体验进行的反思，这种反思是非常直率和坦诚的。我对医院的生活了解甚少，在那儿结交的朋友也很少，因为我忙于其他事情。但是，两年后，我在门诊部先后做了文员和外科手术助手，逐渐对医院的工作感兴趣了。我开始适时地在病房工作，然后兴趣大增，以至于在我给一具高度腐败的尸体解剖时，染上了脓毒性扁桃体炎，不得不卧床休息，然而我却迫不及待地重新投入工作。我必须参加一定数量的分娩手术才能获得执业证书，这就意味着我要去兰贝斯（Lambeth）的贫民窟，经常去警察不愿进入的恶臭场所，但我的医用黑包足以保护我。我发现这项工作很吸引人，在很短的一段时间里，我夜以继日地在急诊值班，为紧急情况提供急救服务。这让我疲惫不堪却极度兴奋。

在这里，我接触到了我最想要的东西——原生状态的生活。在这三年里，我定是见证了人类所能拥有的每一种情感。它对我的戏剧神经有极大的吸引力。它激发了我做小说家的潜质。即使四十年过去了，我也能确切地记得某些人，我可以画出他们的画像。我听到的那些话依然萦绕在我耳边。我看到人是怎么死的。我看到他们是如何忍受痛苦的。我看到了希望、恐惧和解脱的样子；我看到绝望在人们脸上刻出一道道的暗纹；我看到了勇气和坚定，我看到人们眼中闪亮的信念，而他们所相信的，我却只能认为是幻觉。我看到了勇气，使人在面对死亡预言时可以嬉笑讥讽，因为他太过骄傲，不想让周围的人看到他灵魂的恐惧。

那时（对于大多数人来说，这是一个安逸的时代，和平似乎是确定的，繁荣是稳固的），有一个流派的作家夸大了苦难的道德价值。他们声称苦难是有益的。他们认为，苦难使人们更富有同情心，增强了人们的情感。他们宣称，苦难为心灵的至美开辟了新路，使其能够接触上帝的神秘王国。他们还宣称，苦难可以强化人的性格，净化人性的粗劣，给那些没有逃避反而追求它的人带来更完美的幸福。几本这方面的书都大获成功，它们的作者住在舒适的家中，三餐无忧，身体健康，名声大噪。我不止一两次地，并且在多个地方把看到的事实记在笔记簿上。我知道苦难并不会使人高贵，反而使人堕落。它使人自私、吝啬、卑微和多疑。它让人关注的是琐碎的东西。它并没有使人超越自己，反而使他们低卑于人。我曾狠狠地写道，我们不是从自己的苦难中，而是从别人的苦难中，学会了认命顺从。

这一切对我来说都是宝贵的经历。我想，对一个作家而言，最好的训练莫过于能在医生行业里工作上几年了。你可以在律师办公室里学到很多关于人性的知识。但总的来说，你必须应付的是能够完全控制自己的人。他们撒谎的次数也许就像他们对医生撒谎的次数一样多，但他们的谎言更完美有逻辑，而且对于律师来说，了解真相并不是那么重要。此外，律师的兴趣主要在于各种证据材料。他从专业的立场看待人性。但医生，尤其是大医院的医生，都是赤裸裸地看待这一点的。沉默通常逐渐地被打破，很多时候根本就没有沉默。大多数情况下，恐惧会击垮每一道防线，即使是虚荣，在恐惧面前也会感到不安。大多数人都有一种强烈的渴望去谈论自己，只有在别人不愿意听时才会克制。矜持只是大多数人在遭到无数粗暴拒绝后，才发展而来的一种人为的品质。医生很谨慎。倾听是他的职责，对他来说，没有什么细节是不可以听的隐私。

当然，人性展现在你面前，如果不用心去看，就什么也学不到。如果你因偏见而迂腐守旧，或是容易多愁善感，那么你到医院的病房里走一遭之后，还会和一开始一样，对人性一无所知。如果你想从这样的经历中获益，就必须有开放的心态和对人的兴趣。我认为自己很幸运，虽然我从来没有喜欢过他人，但是我发现他们非常有趣，我几乎无法做到厌烦他们。我不爱说话，愿意倾听。我不在乎别人对我是否感兴趣。我不想把我所拥有的知识传授给他人，如果他们错了，我也不觉得有必要纠正他们。如果你头脑冷静，就可以从乏味的人那里获得很多乐趣。我记得有一位善良的女士带我到国外去兜风，她想带我四处看看。她说的内容完全是老生常谈，而且她那些陈词滥调的词汇量太大，我无论如何也记不起来她都说了些什么。但其中有一句话，却和少数的睿智妙言一样，令我始终记忆犹新。我们经过海边的一排小房子时，她对我说："这些是周末度假房，你应该能明白我的意思。换句话说，人们星期六住进来，星期一离开。"错过这句话真的会很遗憾。

我不想在无聊的人身上花太多时间，但后来我又不想花太多时间和有趣的人待在一起。我发现自己会社交疲劳。我认为大多数人都可以通过谈话振奋起来，或是放松休息；但对我来说，我需要一直大费力气。当我还年轻，口吃很厉害的时候，长时间说话让我特别疲惫不堪，而且即使现在，我的口吃已经痊愈了，在某种程度上，和人交谈对我来说仍然是一种压力。能脱身看本书对我来说无疑是种解脱。

医院里的人性

我从不会说，在圣托马斯医院度过的那些年让我对人性有了完全深刻的了解。我想并非所有人都想得到一套对人性的完整认知。四十年来，我一直在有意无意地研究它，但仍然发现人性是无法解释的。我所熟悉的人可以通过一些我从未认为他们可以做到的行为让我感到惊讶，或者从他们身上发现一些特质，显示出他们身上还有我自己从未怀疑过的那一面。有可能医学训练使我的观点扭曲了，因为在圣托马斯医院，我接触到的人大部分都是病人、穷人、没受过良好教育的人。我曾试着防止这种情况发生。我也试着防范自己的先入之见。我天生不会信任别人。我更倾向于期望他们作恶，而不是行善。这就是拥有幽默感所必须付出的代价。幽默感使你在人性的矛盾中发现乐趣。它使你不信任那些伟大的宣言，寻找其背后隐藏的那些为人所不齿的动机。外表和实质之间的差异让你觉得很好玩，当你发现不了这种差异时，你就会习惯于去人为地把它创造出来。你对真理、美丽和善良闭上双眼，因为它们不会给荒谬提供空间。幽默者对骗子有敏锐的眼光，却并不总能认出圣人。但如果片面地认为一个人为幽默感付出了沉重代价，那么给他的补偿也是有价值的。当你被别人嘲笑时，你不会生气。幽默教人宽容，而幽默的人，带着微笑，也许是叹息，更有可能只是耸耸肩，而不是谴责。他不说教，更愿意去理解。的确，理解就是要怜悯和宽恕。

但是，我必须承认，因为这些我记忆中一直努力不去忘记的东西，随后多年的经历只不过是证实了我对人性的观察并非刻意而为的，因为我那时太年轻，这些观察只是在圣托马斯医院病房和门诊部的从业经历中无意而获的。自从我看到那些人，就看清了他们，随后便把他们描绘了下来。画像可能并非真实的，我知道很多人认为这令人不快。而且它无疑也是片面的，因为很自然，我是基于自己的特质去观察人。一个快乐、开朗、健康和一个多愁善感的人会对同一个人有着不同的看法。我只能说，我对他们的看法是前后一致的。在我看来，许多作家根本就不去观察生活，而是根据自己想象中的各种形象来塑造其笔下的人物。他们就像凭借对古老物件的记忆来绘图的制图员，从来没想过从真人模特身上汲取灵感。他们充其量只能给自己幻想中的形象画出一种似是而非的形状。如果他们的思想高尚，就会描绘出高尚的人物形象，如果他们的日常生活没有那么纷扰复杂，这也并不重要。

我一直是根据生活中的真实素材进行创作的。我记得有一次在解剖室里，我和示教老师（Demonstrator）复习讨论人体器官时，他问我有条神经是什么神经，我答不上来。他告诉了我，我对此表示异议，因为那条神经的位置不对。尽管如此，他还是坚持认为，这就是我一直寻找却没有找到的神经。我抱怨这种反常的情形，他却微笑着说，在解剖学上，不同寻常是一种正常现象。我当时只是很生气，但这句话却深深地印在我的脑海里。从那时起，我就不由自主地感觉到，这句话不仅适用于解剖学，同样也适用于人。正常是你很少发现的情形。正常即理想，正常是综合了所有人的一般特征而形成的一幅画，很难在一个人身上发现所有的特征。我所提到的作家就是以这种不真实的图景为创作模型，因为他们所描述的事物太与众不同了，以至于很少能达到那种活生生的真实效果。自私、慈爱、理想主义、耽于声色、虚荣、害羞、无私、勇敢、懒惰、紧张、固执和羞怯，它们都可以在一个人身上存在，形成一种貌似合理的和谐。我们花了很长时间才说服读者相信这一点。

我认为，过去几个世纪里的人与我们现在所认识的人没有什么不同，但在其同代人眼里，他们肯定比我们现在看起来更为一致，否则作家们就不会这样描写他们了。按照每个人独有的脾性去描述他们似乎很合理。守财奴就是吝啬小气，花花公子就是纨绔浮华，贪食者就是好吃贪婪。没有人会想到，守财奴也有可能有纨绔浮华，也有可能贪吃，然而我们经常见到这样的人。更不会有人想到，他还可能是一个诚实、正直的人，对公共服务有着无私的热情，对艺术有真正的热爱。小说家开始揭露他们在自己身上或在别人身上发现的多样性时，便被指控是在诋毁人类。据我所知，第一个如此审慎而为的小说家是写《红与黑》（*Le Rouge et le Noir*）的司汤达（Stendhal）。同时代的批评家们义愤填膺，拍案而起。甚至是圣伯夫（Sainte-

Beuve）——他只需审视自己的内心，就能发现相反的品质可以在某种和谐中并存——也对他进行斥责。于连·索雷尔（Julien Sorel）是小说家创造过的最有趣的人物之一。我不认为司汤达已经成功地把他塑造得完全合乎情理，但是我相信那是由于某种原因，我将在本书的另一部分提到这一点。在小说的前四分之三，于连的性格是完全一致的。有时他让你感到恐惧，有时让你完全与之共鸣，但他有一种内在的连贯性，所以尽管你经常不寒而栗，你也还是会接受。

但是，司汤达的例子却是过了很久才开花结果。巴尔扎克（Balzac）凭借他所有的天赋，在旧有模式的基础上，塑造了他自己小说中的角色。他赋予小说中人物巨大的生命力，让你接受他们的真实性。但事实上，就像老式喜剧中的人物一样，他们也有自己确定的脾性。他笔下的人物让人难以忘怀，但从支配人物情感的角度来看，这些情感影响了与他们接触的人。我认为人类自然而然地会将人视为是同质的。显然，用这样或那样的方式决定对一个人的看法，不再疑虑说“他是最好的之一”，还是“他是个卑鄙小人”，会减少很多麻烦。发现救国英雄可能很吝啬，或者那个为我们的意识开辟了新视野的诗人可能是个势利小人，这会令人不安。天生的利己主义使我们在对别人做出判断时，总是基于他们与自己的关系。我们希望他们在我们看来是确定的，对我们来说，他们的本来面目就是这样，而他们所具有的其他品性对我们也没有什么益处，所以我们选择将其忽略。

这些原因，或许可以解释为什么人们不愿去尝试刻画一个具有矛盾与多重性格的人物，以及为什么在坦率的传记作家揭露名人的真相时，人们会沮丧地转身离去。想到《名歌手》（*Meistersinger*）中五重奏的作曲家在金钱问题上弄虚作假，对那些有益于他的人背信弃义，这实在是令人痛心。但是，如果他没有极大的缺点，就不可能有伟大的品质。我认为那些说名人的缺点应该被忽视的人是不对的，我觉得，我们最好还是全面地了解他们。然后，虽然我们意识到自己有和他们一样明显的缺点，但我们可以相信，这并不妨碍我们去获得和他们一样的优点。

无法改变的自然法则

我在医学院所受到的训练，除了教我懂得了些许有关人性的知识外，还为我提供了有关科学和科学方法的基本知识。但那个时候我只关心艺术和文学。医学院提供的知识很有限，当时对课程的要求也非常低，然而无论如何，还是为我指明了一条道路，引我通往那片自己一无所知的领域。我开始渐渐熟悉一些具体的原则。我粗略涉猎的科学领域是完全唯物的，同时它的很多概念与我自己先前的想法不谋而合，因此我欣然接受了他们。正如蒲柏所说："对于人类，让他们畅所欲言，不用去附和赞同他人，除非那些意见与自己的相合。"我很高兴地了解到，人类（其本身是自然因素的产物）的思维是大脑主体的功能，正如人类身体的其他部分遵循因果关系的规律一样。这些规律同支配恒星和原子运动的规律是一样的。我很兴奋地知道，宇宙只不过是一个巨大的机器，在这个机器里面每个事件都是由前面的事件来决定的，所以宇宙万物都只能是其原本的样态。这些概念不仅唤起了我的戏剧本能，除此之外，还给我带来了一种非常愉悦的自由感。

我以年轻的激情，欢迎适者生存的假说。得知地球不过是一个绕着逐渐冷却的二等行星旋转的小颗粒，这使我十分满意。创造人类的进化论将推动人类适应地球环境，从而剥夺其所得的一切特性，而这些特性是人类应对逐渐变冷的气候所必需的，最终地球将成为一块冰碴，再也无法维持一切生命的迹象。我认为人类不过是受无情命运所支配的木偶，不仅如此，由于受制于无法改变的自然法则，人类注定要不间断地为了生存而斗争，却除了无法避免的失败之外，一无所获。我了解到人类行为受残酷的利己主义所驱使，爱仅仅是为了完成种族延续的一种肮脏的骗局。我认为无论人类为自己定下什么目标，他们终将遭受蒙骗，因为除了人类的一己私欲，他们无法完成任何目标。偶然一次，我帮了一位朋友的忙（出于某些原因，我知道人类的行为都是源于纯粹的自私，我无法不这样想），为了表达感谢（当然他完全没必要这样想，因为很明显，我的好心也是非常坚定的），他问我想要什么作为礼物，我毫不犹豫地脱口而出——赫伯特·斯宾塞（Herbert Spencer）的《第一原则》。我心满意足地读了这本书。但对于斯宾塞有关人类进程的伤感、煽情想法，我感到有些不耐烦：我所知道的世界每况愈下，遥远未来的子孙后代们，赤裸着蜷缩在洞穴中，注视着漫漫寒夜的降临，他们早已忘却了艺术、科学和手工艺……每当想到这些，我就有种莫名的高兴。我是一个彻头彻尾的极端悲观主义者。但是，由于有着大量的精力，总的来说，我还是从生命中获得了很多快乐。我曾雄心勃勃地想要成为一个有名的作家。我置身于每一次的变迁兴衰中，希望能借此为自己提供机会，以获取更多自己想要的经验，我还如饥似渴地阅读所有我能获得的书籍。

/第三讲/

阅读可以提高理解力，提升认知

不要迷信天赋

我身处的这个时代，许多年轻人都拥有天生的才能，在我看来这些天赋都比我的优越。他们能写会画，还能用乐器谱曲，让我十分嫉妒。他们对于艺术有与生俱来的鉴赏能力，这种天生的批评能力，我已经不指望自己能有了。他们中的一些人已经离世，未能实现我认为的他们曾经许下的诺言，而其他人，则平淡无闻地继续活着。现在我才明白，他们所拥有的不过是年轻人天生的创造力而已。写写散文和诗歌，在钢琴上弹出几曲小调，描摹几幅画作，是大部分年轻人都拥有的才能。这只是一种游戏形式，仅仅是因为年轻人有着充沛的精力，并不能说明这些形式就比孩子在沙滩上建城堡更有意义。我怀疑是因为自己过于天真，才让我如此羡慕他们的这些天赋。如果我不是那么无知，我可能会发现，他们那些在我看来很有独创性的观点，不过是重复别人观点的二手货。不仅如此，他们写下的诗歌和弹奏的音乐更多地归功于良好的记忆而非生动的想象。因此我想说的是，这种才能如果不是普遍的，也是普通的，人们无法从中得出任何结论。青春就是灵感。艺术的悲剧之一是大多数人被艺术短暂的丰产所误导，他们将毕生献给了努力创造。随着年龄的增长，他们的创作天赋离他们远去，未来的漫长岁月里，他们不适应更乏味的工作，他们为自己的大脑已经精疲力尽而感到苦恼，无法再想出更多的创作素材。我们知道这很痛苦，但他们依旧是幸运的，因为他们还有很多谋生的办法，比如从事新闻工作或教书这些与艺术相关的职业。

当然，艺术家是从那些天生拥有这种才能的人之中产生的。没有这种才能便没有天赋，而这种才能也仅仅是天赋的一部分。我们每个人从一开始，都隐居在自己内心的孤寂中，后来我们获得了外界的信息，不断与他人沟通交流，逐渐构建了适应自身需要的外部世界。由于我们都是同一种进化过程的结果，而且我们所处的环境大同小异，所以我们所构建的外部世界也就大致相似。为了简洁方便，我们默认每个人所构建的世界都是相同的，因而我们把它称作是同一个世界。而艺术家的独特之处在于他与其他人有一些特殊的不同，因此他所构建的世界便与众不同。正是这种特质成为他艺术才能中较好的部分。当他用绘画的形式描述他的私人世界，从而吸引一定数量的人群，无论吸引他人的是作品的奇异性、绘画本身的趣味性还是作品与观众一致的观念（因为我们每个人都与他人不同，只能说大致类似；也并非每个人都能从任何一个方面接受我们共同的世界），这名艺术家的才能都将被认可。如果他是一个作家，他将满足读者本性的某些需要，他们将抵达他所满意的精神世界里生活，而非是生活环境强加给他们的。然而还有一些人对这种特质并不感兴趣，他们对于通过这种方式构建的世界毫无耐心，甚至会产生反感。对于这类人，艺术家无计可施，他们也不会认可他的才能。

我不相信，天才与才能是完全不同的东西。我甚至不能确定，它是否取决于艺术家天赋中的巨大差异。比如，我并不认为塞万提斯在写作方面有特殊的天赋，尽管没有人会质疑他的才能。同样，在英国文坛中想要找出一位与赫里克（Herrick）相比，拥有更快乐天赋的诗人也不是易事。但没有人会声称他拥有的不仅仅是一个令人愉快的天赋。在我看来，天才是创造禀赋同个人特质相结合，这种特质让其所有者可以从最深层的角度亲身认识这个世界。因此，当一个人有了这种普遍性，他所吸引的将会是所有人，而非某一类人。他的私人世界就是普通人的世界，但却更丰富、简洁、精辟。他所谈论的事物具有普遍性，尽管普通人可能无法确切说出这些事物意味着什么，但他们能感受到所谈之事的重要性。这种人可以说极为普通。他能从自然的偶然中发现生活的无边快乐。正如一场音乐会的高潮迭起，他以人类普遍采用的健康而合理的方式看着充满无限可能的多彩生活。用马修·阿诺德的话说，他一直从稳定和全面的角度看待生活。然而一个世纪中只会出现一两个天才。从解剖学中我们可以知道：没有什么事比正常的事物更罕见了。如果因为一个人能写出还不错的剧本或是画出二十张好看的画作，就人云亦云把这人称之为天才，在我看来非常愚蠢。有天赋是好事，因为鲜少有人能有天赋。艺术家靠天赋只能达到二流，然而这并不会妨碍他，因为在二流层次里，已然有许多作品中包含着艺术家不为人知的优点。细想一下二流艺术家中，已经有了像《红与黑》这样的小说、《西罗普郡少年》（*A Shropshire*

Lad）这样的诗歌以及像华托（Watteau）所绘的画作，因此归于二流又有什么羞愧的呢？尽管一个人的天赋可能无法发挥得淋漓尽致，但在通往巅峰的路上，它却能带领你看遍许多意想不到的美景，如人迹罕至的山谷、潺潺流动的溪水、奇异浪漫的洞穴。人性中的桀骜不驯有时会在它受命去对人类天性进行最为广阔的探索时，有些畏缩不前。它会从托尔斯泰（Tolstoy）的《战争与和平》（*War and Peace*）的辉煌中，满意地转向伏尔泰（Voltaire）的《老实人》（*Candide*）。你很难永远和米开朗琪罗（Michelangelo）在西斯廷教堂（Sistine Chapel）天花板上的壁画生活在一起，但人们却可以同康斯太布尔（Constable）画的索尔兹伯里大教堂（Salisbury Cathedral）共处一室。

我的同情心是有限的。我只能做我自己，一部分是天性使然，一部分由于我的生活环境，所以这只是部分的自我。我不是一个擅长交际的人，我无法通过喝醉的方式，去体验我对自己同胞那种伟大的爱。聚会狂欢总是让我多少有些厌烦。当人们坐在酒馆里，或是乘船顺流而下放声歌唱时，我总是沉默不语。我从未唱过一首赞美诗，也不愿意与人接触；甚至当有人挽着我的胳膊时，我总要费一点努力，让自己不至于去躲避。我无法忽略自己的感受。世界的歇斯底里让我感到厌恶。当我置身于一群狂笑或悲伤的人中间，看着他们沉溺于各种激烈的情感，我感到从未有过的疏离。尽管我曾多次恋爱，但我却从未体验过被爱所带来的那种无上幸福。我知道这是生活所能带来的最好的东西，这也是几乎所有人都享受的东西。尽管这种享受可能只是很短的一段时间。然而我却最爱那些对我漠不关心甚至是那些对我视若无睹的人。一旦有人表达对我的爱，我就会感到尴尬。这是一个让我手足无措的困境。为了不伤害他人的感情，我经常装出一副很激动的样子，其实事实并非如此。可能的话，我会试着用温和的态度，摆脱他人的爱对我的束缚；反之，则回之以恼怒。我爱惜自己的孤独，我无法对此完全屈服。因而我从未感受过普通人的一些基本情感，所以我的作品中不可能具有只有最伟大的作家才能赋予的人与人之间的亲密感、十足的人文关怀以及动物之间的祥和感。

幻　想

让公众走进幕后是一件危险的事情。他们很容易理想破灭，之后便会对你生气，因为他们热爱幻想。他们无法理解，让你感兴趣的只是制造幻想的方式而已。安东尼·特罗洛普（Anthony Trollope）的作品已经三十年没人去读了，就是因为他坦白说，自己在固定的时间写作，一直留心让自己的书能卖个好价钱。

但对我来说，人生的旅程将走完了，不再适合去隐瞒真相了。我不希望任何人给予我超出自身水平的评价。让那些喜欢我的人接受真实的我，而其他的人就走开吧。我的性格胜于智力，而与特有的天赋相比，我似乎更有头脑。我在许多年前，对一位魅力非凡的著名评论家说过类似的话。我不知道是什么促使我这样做的，因为我并不愿意在关系一般的朋友中谈论我自己。那是在蒙迪迪耶（Montdidier），第一次世界大战刚开始的头几个月，我们在去佩罗讷（Peronne）吃午饭的路上。我们辛苦工作了好几天，因此细嚼慢咽了一顿合我们胃口的午餐，在我们看来是一件非常享受的事情。我想，我是喝了酒，脸泛红晕，我敢说，从市场上的一座雕像上发现蒙迪迪耶是帕门蒂尔（Parmentier）——把土豆引进法国的人——的诞生地让我兴奋不已。无论如何，当我们悠闲地喝着咖啡和利口酒的时候，我心里有点激动，对我的才能进行了敏锐而坦率的分析。几年后，我在一份重要报纸的专栏里，读到这篇几乎用我自己的原话写成的文章时，我感到很窘迫。我有点恼怒，因为把你的真实情况说出来和让别人说出你的真实情况完全是两码事，我应该喜欢这位评论家对我的一番恭维，因为文章说这一切都是我亲口说出来的。但我还是责备了自己，我认为这位评论家会很自然地认为他自己很有洞察力。而且他说的都是事实。但这对我来说有点不幸，因为评论家的影响力不俗，他在这篇文章中所说的话受到人们广泛引用。而在另一个坦率的时刻，我曾告诉我的读者，我的能力非同寻常。人们会想，如果没有这篇文章，评论家们永远也不会发现我的真实能力，但从那以后，这个形容词就经常用在了我身上，带有某种蔑视的意味。我觉得奇怪的是，尽管只是间接地，却有这么多人关心艺术，这么不屑地看待能力。

有人告诉我，有天生的歌手，也有后天培养的歌手。当然，前提是他要有一个好嗓子，但后天的歌手却把他的大部分成就归功于训练。有了鉴赏力和音乐才能，他可以弥补他器官的相对不足，他的歌唱能带来很多乐趣，特别是对鉴赏家来说。但他永远无法像纯粹得如鸟鸣一般的天生的歌手那样让你感动、陶醉。天生的歌手可能没有受过足够的训练，他可能既没有技巧也没有知识，他还可能冒犯一切的艺术准则，但他的声音似乎有魔力，让你着迷。以至于当那些天籁在你耳边回荡时，你会原谅他的冒失，原谅他的粗俗，原谅他表达的那种直白情感。我是个后天的作家。但如果我认为我所取得的成就是我精心设计的结果，那就太虚荣了。出于单纯的动机，我被各种各样的发展历练所吸引，只是当我转头回望的时候，我才发现自己潜意识里在朝着某个目标努力。这个目标会完善我的性格，弥补我天赋中的不足。

我有一个清晰而有逻辑的头脑，但它既不敏锐，也不强大。很长一段时间我都希望它能更好。我过去常常生气，因为它并不能做到我希望它能做的事。我就像一个数学家，只能做做加法和减法，虽然它也想处理所有复杂的运算，但它知道它根本没有那个能力。我花了很长时间才说服自己充分利用我所拥有的一切。我认为这已经是一个足够好的大脑了，能在我从事的任何职业中给我带来成功。我不是那种除了自己擅长的事以外，什么都做不好的人。在法律、医学和政治领域，一个人拥有清晰的头脑和洞察人心的能力用处很大。

我有一个优势，我从未缺乏过写作的主题。我脑子里的故事总是比我写出来的还要多。我经常听到作家们抱怨说，他们想要写作，但没有什么可写的。我记得有一位著名作家告诉我，为了找到一个主题，她正在读一本囊括所有书中曾出现过的情节的书。我从来没有遇到过这样的困境。正如我们所知，斯威夫特（Swift）声称他可以写任何主题，一次有人向他挑战，要他写一篇关于扫帚柄的论文，他也写得非常好。而我更想说的是，如果我无法从一个人身上获取素材，至少写一篇关于他的可读故事，那么我和他连一个小时也待不下去。

有这么多的故事在脑子里，是一件令人愉快的事，不管你的心情如何，都会有一个故事，让你的幻想在那里徘徊，或者是一两个小时，或者是一个星期左右。幻想是创造想象力的基础。艺术家的特权在于，与他在一起，并不像与别人在一起那样，不是对现实的一种逃避，而是接受现实的一种方式。他的幻想是有目的的。它给了他一种快乐，与之相比，感官的快乐是苍白的。它还给了他自由的保障。有时，艺术家不愿意用这种享受来换取执笔写作带来的乏味和失落。对此，人们也不用感到奇怪。

我在作品中塑造了各种不同的角色，这并不奇怪，因为这是人类多样性的结果，我的想象力并不十分丰富。我把活生生的人物形象，根据他们的性格特征，放到或悲剧或喜剧的情境中。我更愿意说是他们创造了他们自己的故事。我无法进行那些宏伟的、持续的飞行，它们用宽大的羽翼，把作者带进了一个天外星球。我的幻想力，从来都不是很强，受困于我对可能性的感知。我所画的不过是画架上的画，不是壁画。

文化的价值

我由衷地希望在我年轻的时候，能有一位有见识的人来指导我的阅读。当我回想我在那些对我毫无益处的书上浪费了大量时间时，我扼腕叹息。我所得到的些许指点归功于在海德堡与我同住的年轻人身上。我叫他布朗。当时他二十六岁。离开剑桥后，他取得了律师资格证。他有一些钱，足够让他在物价并不太高的日子里生活下去。他发现法律让他感到厌恶，决定投身于文学。于是他来海德堡学习德语。从那时起，一直到他去世的四十年里，我都同他有联系。在前二十年，他一直思考当他真正开始写作时，他会写些什么，这使他感到很有趣。剩下的二十年，他同样自娱地想，如果命运对他再好一些，他本该会写些什么。他写了许多诗。他既没有想象力，也缺乏激情，他的耳朵也不好。他花了几年时间翻译那些柏拉图（Plato）的对话录，这些对话录已经被多次翻译过了。然而我怀疑，他没有译完过任何一个对话，因为他完全没有意志力。他多愁善感，而且自负。他虽然个子矮，却很英俊，五官精致，头发卷曲。他有一双淡蓝色的眼睛，脸上总是带有一种渴望的神情。他看上去就像一个诗人应该有的样子。作为一个老人，在经历了充满怠懒的一生后，他有些秃顶和憔悴，一副苦行僧的样子，所以你可能会把他当成一个常年热情而无私地从事研究的学者。他的精神状态就像是一个哲学家对自己的研究所产生的那种厌倦的怀疑主义——他一直在探索存在的奥秘，却发现除了虚无之外，别无他物。慢慢地，他把那点微薄的财产挥霍完后，他宁愿依靠别人的慷慨施舍来生活也不愿去工作，因此他常常入不敷出。他那种骨子里的自我满足使他能够听任贫穷，漠然地忍受失败。我想，他可能从来没有想过自己是一个可恶的骗子。他的一生就像个谎言，但当他临终的时候——如果他知道他将要离开的话，不过幸好他并不知道——我相信，回顾自己一生，他会认为这一生过得还不错。他充满魅力，也没有嫉妒心，尽管他太自私，从没给予他人任何好处，但他也并非没有同情心。他对文学有真正的鉴赏力。我们在海德堡山上散步时，他和我谈起了书。他跟我谈到了意大利和希腊，实际上他并不了解这两个国家，但他却点燃了我的青春和幻想，我开始学习意大利语。怀着改宗者的热情，我接受了他所说的一切。他激发了我对某些作品的热切敬慕，而时间证明，这些作品并没有那么令人钦佩，尽管如此，我也不该将此怪罪于他。他来的时候看到我在读《汤姆·琼斯》，那是我从公共图书馆借来的。他告诉我，尽管这些书没有什么害处，但我最好还是读一读《彷徨中的戴安娜》（*Diana of the Crossways*）。即使那时他还是柏拉图主义者，他还是给了我雪莱（Shelley）翻译的《会饮篇》（*Symposium*）。他跟我谈到了勒南（Renan）、枢机主教纽曼和马修·阿诺德。他认为，马修·阿诺德有点庸俗。他向我讲述了斯温伯恩（Swinburne）的《诗与谣》（*Poems and Ballads*）以及莪默·伽亚谟（Omar Khayyam）。他熟知许多优美的四行诗，在散步时背给我听。此时我常常交织着两种情绪，一种是对诗行中浪漫的快乐主义的热情，一种是布朗的背诵让我感到尴尬。因为他背诵诗文时就像高教会派的助理牧师一样，拖着长长的语气在黑暗的地下室里吟诵连祷文（Litany），让人昏昏欲睡。但是，如果你想成为一个有文化的人而不是一个英国俗人，那么你就必须仰慕这两位作家——沃尔特·佩特和乔治·梅瑞狄斯。我已经准备好去做他要我做的事情了，去实现这个理想的目标。尽管听起来不可思议，在读《沙格帕的修面》（*The Shaving of Shagpat*）时我发出阵阵的笑声。在我看来，这本书简直太好笑了。然后我一本本地读乔治·梅瑞狄斯的小说。他的小说棒极了，但却没有我想象中的那么精彩。我的钦佩之情是假的。我之所以钦佩，是因为这是一个有教养的年轻人应该去做的。我陶醉在自己的热情之中。我不愿听我内心深处那个喋喋不休抱怨的声音。现在我知道了这些小说里有很多浮夸的言辞。但奇怪的是，再读一遍，我依旧能想起我第一次读时的感受。现在对我而言，它们是丰富多彩的，在阳光明媚的早晨，这些小说对于智力觉醒的我来说，代表着甜美芬芳的青春梦。因此当我看完梅瑞狄斯的小说，比如《埃文·哈林顿》（*Evan Harrington*），即使我认为书中的虚伪令人恼怒，它的势利令人讨厌，它的冗长令人忍无可忍，我永远也不会再读了，但我的心还是为它融化，依旧认为它是一部伟大的小说。

另一方面，我在同一时间怀着同样的兴奋读沃尔特·佩特的作品时，我却没有这种感觉。对我而言，对他并未声称拥有的优点，我没有产生一点愉快的联想。我觉得他就像阿尔玛-塔德玛（Alma-Tadema）的画一样乏味。奇怪的是，人们竟然会称赞这篇散文。它像是一潭死水，没有任何艺术感，就像是技艺拙劣的匠人，精心制作用来装饰车站餐厅墙壁的马赛克一般华而不实。佩特对周围生活的态度有点与世隔绝、目空一切、绅士派头十足的感觉，总之是一种装腔作势的样子，让我很反感。欣赏艺术应该带着激情和力量，而不是带着一种不温不火的、轻蔑贬抑的优雅，这种不以为然的优雅是因为害怕在公共休息室里遭到学者们的挑剔。但是沃尔特·佩特是一个软弱的人，没有必要严厉谴责他。我不喜欢他不是因为他自身，而是因为他是文学界中那些普通而可憎的人物的缩影。这就是对文化十分自负的人。

文化的价值在于它对品性的影响。除非它能使人的品性变得高贵有力，否则它没有任何用处。它的作用是终生的。它的目的不是美，而是善。正如我们所知，它常常导致自满。当学者纠正错误的引语时，谁没有见过他那薄唇上的蔑笑？当鉴赏家在有人称赞一幅他不喜欢的画时，谁没有见过他那痛苦的表情？读了一千本书比不上耕耘一千块地。给一幅画加上正确的描述也不如找出熄火汽车的毛病所在更为实用。每一种情况下，它都是特殊的知识。股票经纪人和工匠都有他们专门的知识。知识分子有一种愚蠢的偏见，即他的知识是唯一有价值的东西。真实、善良和美丽并不是那些上过贵族学校、在图书馆里埋头苦读、经常去博物馆的人所特有的。当艺术家屈尊使用他人作品时，他不应有任何借口。如果他认为他的知识比别人的更重要，那他就是个傻瓜。如果他不能坦然平等地对待他人和自己的知识，那他就是个智障者。马修·阿诺德坚持反对庸俗主义，就对文化造成了极大的伤害。

疯狂地读书

十八岁的时候，我懂得了法语、德语和一些意大利语，但我完全没有受过什么教育，我深深意识到自己的无知。我尽可能阅读我能得到的一切书籍。我的好奇心如此强烈，我甚至愿意读秘鲁的历史，读一个牛仔的回忆录，如同我愿意读关于普罗旺斯抒情诗的论文，又或者是圣奥古斯丁（St. Augustine）的《忏悔录》（*Confessions*）。我想这些阅读为我积累了一些常识，这对小说家来说是很有用的。谁也不知道什么时候会有一些特别的信息派上用场。我把我读过的书列了个单子，偶然发现其中一份我还保留着。这是我两个月内所读的书。我记录这些仅仅是出于自我备份，我都不敢相信我竟读过这么多书。记录显示，我读了三部莎士比亚的戏剧，两卷蒙森（Mommsen）的《罗马史》（*History of Rome*），朗松（Lanson）的《法国文学史》（*Litterature Francaise*）的大部分，两到三部小说，一些法国古典名著，几部科学著作和一部易卜生（Ibsen）的戏剧。我确实是一个勤奋的学徒。在圣托马斯医院期间，我系统地学习了英国、法国、意大利和拉丁文学。我读了很多历史、一些哲学和大量的科学书籍。我的好奇心太强了，以至于我没有足够的时间去思考我所读过的东西。我迫不及待地想读完一本书，迫不及待地想开始读另一本书。这就像是一场冒险，我会兴奋地打开一卷名著，就像一个有理性的年轻人会奋力为己方击球，或是一个漂亮的女孩去跳舞一样。不时有记者在寻找新闻素材时问我，我一生中最激动人心的时刻是什么时候？如果我不羞于回答的话，我可能会说，是我开始读歌德的《浮士德》（*Faust*）的那一刻。我从来没有完全失去这种感觉，即使是现在，打开一本书的开头几页有时也会让我热血沸腾。对我来说，读书是休息，就像其他人聊天或打牌一样。不仅如此，这是一种需要，如果我被剥夺了读书的权利哪怕仅仅是一小会儿，我就会发现自己就像一个瘾君子被剥夺了毒品一样暴躁。我宁愿读一份时间表或目录，也不愿呆坐浪费时间。这还不算什么。我花了许多时间仔细地研读陆海军商店的价目表、二手书商和美国广播公司的价目表，这一切让我感到愉悦。所有这些都带有浪漫的味道。它们比大部分小说有趣多了。

只有当我意识到时间飞逝，生活才是我的正事时，我才会把书放在一边。我之所以来到这个世界，是因为我认为有必要去获得我写作不可或缺的人生体验；但我之所以进入这个世界，也是因为我想要获取体验本身。在我看来，当一个作家是远远不够的。我为自己设计的模式是，我应该做出人在这个奇妙事情上能做的最大限度的投入。我渴望同普通人一样，去感受人生的喜怒哀乐，这是普通人类命运的一部分。我认为，人的感官诉求没有理由受到精神贪婪的引诱，我下定决心要从社会交往、人际关系入手，从食物、酒精、淫乱、奢侈、运动、艺术、旅行入手，正如亨利·詹姆斯所言，从不管什么东西当中，汲取营养，尽可能地完成我的目标。但这仅仅是一种努力，我总是如释重负地又回到书籍，回到和自我相伴的慰藉中。

然而，尽管我读了那么多书，我却不是一个好的读者。我读得很慢，略读的技能也很差。我发现，不管一本书有多糟糕，不管它有多让我厌烦，我都很难把它放下。我没有从头到尾读完的书屈指可数。另一方面，我几乎没有读过两遍的书。我很清楚，有许多书我无法从第一遍阅读中获得其全部的价值，但它们已经给了我当时所能得到的全部，尽管我可能忘记了它们的细节，但这仍然是一种永久的充实。我知道有人一遍又一遍地读同一本书，因为他们可能只是用眼睛，而不是用感受力在阅读。这是一种机械练习，就像西藏人转动转经筒一样。毫无疑问，这样做没有害处，但如果他们认为这是一种智力活动，那就错了。

/第四讲/

如何写戏剧才能迅速赢得人心？

戏剧与剧院

我从来没有想过做演员。我认识一些剧作家，他们每天晚上都会溜达到正上演他们戏剧的剧院。他们说这样做是为了确保演员们不会松懈，我猜他们永远听不够自己写的台词被别人读。他们的乐趣是在幕间休息时，坐在化装室里，谈论着这一幕或那一幕，想知道为什么那天晚上的戏反响平平，或者为自己这一幕的成功拍手叫好，然后看着一个个演员梳妆打扮。他们一直觉得当天剧院里的八卦回味无穷。他们喜欢这个剧院以及与之相关的一切。他们的骨子里都涂满了化装用的油彩。

我从来没有像他们那样。我最喜欢的是那种道具还罩着防尘罩，礼堂昏暗，舞台没有布置，布景屏还堆在后墙，只有脚灯亮着的剧院。我在排练中度过了许多快乐的时光。我喜欢演员之间那种简单的友情，喜欢他们在街角一家餐馆匆匆吃午饭的情景，喜欢下午四点女佣端来的下午茶——一杯浓浓的苦茶，还有厚厚的面包和黄油。听到自己第一部戏剧中的那些男男女女重复着我笔下轻易写就的台词时的那种惊喜和快感，我从未失去过。从朗读手稿中最初没有生命的角色到成为我脑海中曾经看到过的人物，这一切在演员的手中逐渐成长丰满，在我看来是一件非常有趣的事。我的关注点开始转移到讨论某件家具该摆放在哪个具体位置、导演的妄自尊大、不满意自己的站位而发脾气的女演员以及老演员们为抢戏占据舞台中心的狡猾、漫无边际的谈论这些方面上。尽管如此，彩排是准备过程的高潮。楼厅前座第一排坐了六位服装师，他们十分拘谨，仿佛在教堂一般，但是却很认真严肃。在表演过程中，他们会互相简短而急促地低声耳语，还会做一些细微而有含义的手势。你知道他们说的是裙子的长度、袖子的剪裁或者帽子上的羽毛。当幕布落下时，他们已经将大头针叼在嘴里，匆匆穿过门走向舞台，导演（director[①]）大喊："幕启！"当幕布升起时，一位女演员快速中断了与两位表情严厉的黑衣女士之间的激烈对话。

"哦，辛先生，"她喊道，"我知道那金线花边不妥当，但弗洛斯太太（Madame Floss）说她会把它取下来，换上蕾丝边。"

正厅前排座位有摄影师，有管理方，也有售票处的工作人员，演员的母亲、妻子，你自己的经理人，你的一个女友，还有三四名已经二十年没演过戏的老演员。他们是一帮完美的观众。每次表演结束后，导演都要宣读他草草记下的评论。有一场，导演与电工吵了起

---

① 原注：我用的是美国人用的"director"一词，而不是英国人用的"producer"，因为我认为"director"这个词能更好地描述我们所谈的这个人所起的作用。

来，电工除了开合开关以外，什么也不用做，但是他却弄错了开关。剧作者对他的粗心感到愤慨，同时又觉得情有可原，他认为电工只是因为太专注于戏剧而忘记了他的工作。有时也许会重复一个小场景，然后就安排合适的站位，随即闪光灯会突然亮起，照片就这样拍下了。接着幕布降下，为下一幕布景，演员们各自去化装室换衣服。服装师们不见了，老演员们溜到街角去喝上一杯。管理方沮丧地抽着廉价烟，演员的妻子和母亲聊着天。作者的经纪人读着晚报上的赛马新闻。这一切都是虚幻的，却又令人如此兴奋。最后，服装师们从防火门里钻了出来，重新坐了下来，有竞争关系的商号代表们高傲的保持着彼此之间的距离。舞台经理在幕布附近，只露出一个脑袋。

“准备就绪，辛先生。”他说。

“好，开始。幕启。”

不过，彩排是戏剧带给我的最后乐趣。我早期几部戏剧上演前的几个晚上，我都提心吊胆，因为我的未来依赖于它们。《弗雷德里克夫人》（*Lady Frederick*）出版的时候，我已经花光了二十一岁时继承的那点儿遗产，写小说挣的钱不足以维持我的生计，做新闻也没赚到什么钱。偶尔我会得到一些写书评的机会，有一次还说服一位编辑让我为一出戏写短评，但我显然没有这方面的天赋。事实上，那位编辑告诉我，我没有戏剧感。如果《弗雷德里克夫人》没有获得成功，对我来说似乎别无选择，我只能回到医院花一年时间来重温我的医学知识，然后在船上找一份外科医生的工作。那时，这是一个少有人问津的职位，在伦敦取得学位的人几乎没人去申请。后来，当我成为一名成功的剧作家时，在剧作上演后的几个晚上，我去剧院，能敏锐地从公众的反应中，辨别出自己的能力是否下降。我尽最大的努力把自己融入观众中。对观众来说，戏剧首演的当晚或多或少是一件有趣的事情，晚上他们七点半吃点心，然后看戏，十一点吃晚饭，戏剧成败对他们而言无关紧要。我试着去看自己戏剧最初几晚的演出，假装当晚是别人的戏剧上演。即便如此，我还是觉得那是一次不愉快的经历。听到人们对演员的谐谑报以愉快的笑声，或是悦人的一幕终了幕布落下时响起的观众的掌声，这对我并没什么益处。事实是，即使是我最不重视的作品，我也对其倾尽所有，以至于当我听到一群人对它品头论足时，也会感到很尴尬。因为这些话出自我的笔下，我们之间有一种亲密感，我不愿将其与众人分享。甚至当我去看自己被译成其他语言的戏剧时，作为剧场观众完全陌生的普通一员，我也还是会有这种毫无缘由的感觉。事实上，要不是因为我认为要学会怎样写剧本，有必要去看看戏剧上演时观众的反响，我根本不会去看自己的戏剧，无论是首演还是其他任何时候。

演员与舞台

演员这个职业是很艰难的。我指的不是现在这些因为长了张漂亮脸蛋就成为演员的年轻女子，如果打字员的标准是要长得漂亮，那么她们也能坐在办公室里。我也不是指那些外貌俊朗，却没有特殊技能的男演员。这些演员在这个行业里来来去去，女演员最后嫁为人妻，男演员要么成为酒商的雇员要么从事室内装潢。这里我想说的是真正从事演员这一行业的人。他们有当演员的天赋而且愿意从事这个行业。这是一份需要刻苦努力才能熟能生巧的职业，因此，当一个演员知道该如何饰演角色时，他往往已经老得无法出演大部分角色了。这一过程需要无限的耐心，而且充满了失望。长时间无戏可演，要耐得住寂寞，获得奖赏也仅仅是昙花一现。这种回报是不够的。演员通常受命运的摆布和公众反复无常的喜爱。他一旦不再讨人喜欢就会被人遗忘。曾经是公众偶像的事实，对他没有任何好处。尽管曾被观众关注，他也还是可能会饿死。每当我想到这一点，我就觉得，当一个演员处于事业高峰时，很容易装腔作势、苛求和虚荣。如果他愿意的话，就让他成为炫耀而荒谬的人吧。这一切都是昙花一现。毕竟，自负是他才能的一部分。

有一段时间，舞台是通向浪漫的大门，与之相关的每个人都显得兴奋而神秘。在十八世纪的文明世界里，演员们给生活带来了一丝幻想。他们任性无序的存在是对理性时代想象力的诱惑，他们扮演的英雄角色、吟诵的诗句给予他们光环。在歌德的《威廉·梅斯特》（*Wilhelm Meister*）这本精彩却被忽视的书中，你可以看到，被诗人柔情以待的不过是一个二流的巡演剧团。在十九世纪，演员使人们得以摆脱了工业时代的体面。他们的放荡不羁激起了那些被迫在办公室里谋生的年轻人的想象力。在清醒世界里，他们是放纵的人；在谨慎世界里，他们是粗心的人，而幻想为他们披上了迷人的外衣。维克多·雨果（Victor Hugo）的《目击录》（*Choses Vues*）中有一段话，用一种不经意的幽默打动了读者。在这段话里，这位明智的小人物怀着对这种狂野的敬畏、惊讶和一点嫉妒，写了一篇与女演员共进晚餐的文章。这是他有生以来第一次感到自己是个了不起的人。天哪，在她的房间里，可以看到香槟是怎么流出来的，以及无尽的奢华、锃亮的银器，还有虎皮。

这种荣耀如今已经烟消云散。演员们已经安定下来，受人尊敬，生活富裕。他们不喜欢被看作是一个不同的种族，因而尽了他们最大的努力去像普通人一样。他们在光天化日之下，素面示人，并恳请我们亲眼见证，他们也是高尔夫球手和纳税人，也是有思想的男男女女。在我看来，这些都是废话。

我认识很多演员。我发现他们都是优秀的人。他们的模仿天赋，他们讲故事的技巧，他们的机敏，通常让他们非常有趣。他们慷慨，善良，勇敢。但我从来没有把他们看成普通人。我也从未与他们亲密熟络过。他们就像纵横字谜一样，没有合适的词与其线索相匹配。事实上，我想他们的性格是由他们扮演的角色组成的，而这些角色的基础并无定形。它是一种柔软的、可塑的东西，可以变成任何形状，也可以涂成任何颜色。一位性情机敏的作家曾说过，一直以来，将演员安葬在圣地被大众拒绝并不奇怪，因为认为他们也有灵魂是非常荒谬可笑的。这样说可能有点过头。他们确实很有趣。而小说家，如果他够真诚的话，就不得不承认他和演员之间存在着某种类同：他们的性格和演员一样，有一种不太可信的和谐；演员能够“反映”所有人，而小说家能“创造”所有人。作家和演员所表现的情感，在当时都不是他们所能感受到的。他们站在生活之外，描绘自我的某一面，是为了满足他们的创作本能。伪装就是他们的真实，而作为他们曾经的素材和作品评判者的公众，也是他们的愚弄对象。因为伪装是他们的真实，他们可以把真实看成是伪装的。

开始写剧本

和大多数年轻作家一样，我开始写剧本，因为我认为，把人们说的东西写在纸上比写故事要容易得多。约翰生博士（Dr.Johnson）很久以前就说过，设计对白与构思历险故事相比要容易得多。我翻遍了自己十八岁到二十岁的那些旧笔记本，上面记录了我脑海中构想的戏剧场景，我发现对白总体上来说比较容易，也更能实现。那些笑话尽管再也无法使我笑出来，但用的是当时人们使用的语言。我凭本能领会了其口语的特征。但是这种笑话很少，而且也有些粗俗。我的剧本主题都很阴郁。故事在忧郁、绝望和死亡中结束。在我第一次去佛罗伦萨的旅途中，随身带着《群鬼》（*Ghosts*），当时我在认真地学习但丁（Dante），为了掌握技巧，同时也作为消遣，我试着把它从德语翻译成英语。我记得，尽管我对易卜生十分钦佩，但我还是觉得帕斯特·曼德斯（Pastor Manders）有点无聊。当时，《谭格瑞的续弦夫人》（*The Second Mrs.Tanqueray*）正在圣詹姆斯剧院

（St.James’s Theatre）上演。

在接下来的两三年里，我完成了几部开幕戏，并把它们寄给了不同的经理人。有一两本再也没有退还给我，我没有底稿，所以这些剧本就遗失了。其他的几个剧本让我有些气馁，于是将它们束之高阁，有的还销毁了。在那时以及之后很长的一段时间里，对于一个不知名的剧作家来说，创作一部作品要比现在困难得多。由于花费低，剧本上演的周期长，由平内罗（Pinero）和亨利·阿瑟·琼斯领衔的一小群作家，可以在需要时为主要剧院写剧本。法国的舞台仍在蓬勃发展，对删减版的法语剧本进行改编也很受欢迎。从乔治·穆尔（George Moore）的《阿灵福德的罢工》（*The Strike at Arlingford*）在独立剧院（Independent Theatre）上演这件事来看，我脑子里有了一个想法，我认为我的剧本唯一可能被出演的机会和方式，就是先为自己赢得小说家的名声。所以我把戏剧放在一边，全身心投入到写小说上。读者可能会认为，对于一个年轻的作家来说，这种有条不紊的工作方式是不适宜的。它所表明的是一种事实上的思想转变，而不是一种天赐的冲动，要以艺术作品丰富这个世界。当我出版了几本小说，还有一卷短篇小说集，准备把它们拿去付印时，我才坐下来写自己的第一部多幕剧剧本。这部戏叫《正人君子》（*A Man of Honour*）。我把它寄给了福布斯·罗伯森（Forbes Robertson），当时他是一位很受欢迎的演员，以其艺术品位而闻名。三四个月后，他把剧本退给我，我又寄给了查尔斯·弗罗曼（Charles Frohman），没想到他也把剧本退了回来。最后我把剧本重新写了一遍，而此时我又出版了两本小说，其中一本《克拉多克夫人》（*Mrs. Craddock*）获得了巨大成功。我开始被视为一个严肃而有前途的小说家。因此，我决定把剧本寄给演剧社（Stage Society）。他们接受了它，委员会成员W. L. 考特尼（W. L. Courtney）非常喜欢它，并交由《双周评论》（*Fortnightly Review*）发表。此前他只出版过一个剧本，即克利福德男爵夫人（Mrs. Clifford）的《黑夜的肖像》（*The Likeness of the Night*），所以对我来说，这是一种莫大的荣誉。

由于演剧社是当时唯一的演出组织机构，它推出的作品吸引了很多人的注意，我的剧本受到评论家们的认真对待，就好像它已经在重要剧院上演多次一般。以克莱门特·斯科特（Clement Scottat）为首的那些老文人对这部戏大肆批判。《星期日泰晤士报》（*The Sunday Times*）的评论家说，这部剧没有表现出任何舞台天赋。至于是谁说的我忘记了，但是那些受易卜生影响的批评家则认为这部作品值得考虑。对于负面评价他们表示同情，并给予我鼓励。

我想，我已经向前迈进了一步，从那时起，我以后的路就不会有太大的困难。但没过多久我就发现，除了学习了大量的剧本写作技巧，我一无所获。我的戏演了两场之后就再没戏了。对实验剧场感兴趣的一小群人都知道我的名字，如果我写了合适的剧本，我毫不怀疑演剧社会按时演出。在我为此感到满足时，发生了一件让我意想不到的事。在排练期间，我接触了一些对演剧社感兴趣的人，特别是和格兰维尔·巴克（Granville Barker）探讨了一下，他在我的剧本中担任主角。我发现他们对我的态度很抵触。在我看来，这是一种自认为高人一等的狭隘。格兰维尔·巴克很年轻，我当时只有二十八岁，我猜他比我还小一岁。他魅力十足、快乐随性，身上带有一种轻佻的优雅。他满脑子都是别人的想法。但我在他身上察觉到他对生活的恐惧，而且他企图通过蔑视常人来掩饰这种恐惧。很难找到他不鄙视的东西。他缺乏精神活力。我认为艺术家需要更多的魄力、活力、率直和勇气，当然还要比旁人吃更多的牛肉。他写过一部戏，叫《安·利特的婚姻》（*The Marriage of Ann Leete*）。在我看来，这戏既乏味又做作。我喜欢生活，并且想要享受生活。我想尽我所能从中得到一切。我并不满足于一小群知识分子对我的欣赏。我对他们的素养表示怀疑，因为我曾去看过一场演剧社莫名其妙上演的一部愚蠢而又平庸的小闹剧，发现他们都笑得前仰后合。我一点儿也不确定，他们对高水平戏剧的关注是不是装模作样。我不想要这样的观众，我要的是广大的公众。而且我很穷，如果可以的话，我根本不想住在阁楼上靠面包皮度日。我发现钱就像第六感，没有第六感，你就无法充分利用其他五种感觉。

在排演《正人君子》时，我发现第一幕中一些调情的戏谑场面很有趣，于是我决定写一部喜剧，我决定现在就写一部，我把它叫作《面包和鱼》（*Loaves and Fishes*）。主人公是一个世故而又雄心勃勃的牧师，故事讲述了他向一个富有的寡妇求婚，用阴谋得到主教的职位，最终他俘获了一个漂亮女继承人的芳心。没有一个经理人会考虑买下它，因为人们认为上演一出嘲笑牧师的戏是不可能受欢迎的。从中我得出结论，我最好的机会是为某位女演员写一部喜剧，如果她喜欢的话，她会说服一位经理人来试演这部戏。我问自己，什么样的角色会吸引女主角呢？很快我便打定主意，于是写出了《弗雷德里克夫人》（*Lady Frederick*）。但最有影响的一幕，也是后来让它如此成功的一幕，是女主角为了让一个年轻的情人醒悟，让他走进她的化妆室，看到她脸上没有化妆、头发蓬乱的那一幕。在那个遥远的年代，化妆并不普遍，大多数女人都戴着假头发。但没有一个女演员会同意让观众看到她不施粉黛、披头散发的样子，因此每个看过剧本的经理人都拒绝了这部戏。于是我下定决心要设计一部没人会拒绝的戏剧。我写下了《多特太太》（*Mrs. Dot*）。然而它的命运和其他剧本一样。经理人们认为这个剧本太没分量。他们抱怨说戏里没有足够的动作场面，当时很受欢迎的女演员玛丽·摩尔小姐（Miss Mary Moore）建议我插入一段入室行窃的戏码，让它更精彩。我开始想，我永远也写不出这样一篇让女主角喜欢到坚持让其上演的戏剧，所以我开始尝试去写关于男人的剧本。于是我写出了《杰克·斯特劳》（*Jack Straw*）。

我一直以为，我在演剧社取得的小小成功，会给经理人们留下一个好的印象。令我难堪的是，我发现事实并非如此。事实上，与演剧社那些人的联系，让他们对我产生一种偏见，他们以为我只能写些阴郁且无利可图的剧本。他们不能说我的喜剧是阴郁的，但他们隐约地感到戏剧中的不愉快，并深信这些剧本不会叫座盈利。我应该感到绝望，并且放弃让我的剧本上演的想法，手稿总是被拒使我感到气馁，但幸运的是，戈尔丁·布莱特（Golding Bright）认为我的剧本很有市场，并把我的手稿一一收下。他把它们交给一个又一个经理人，最后，在1907年，当我写完六部多幕剧作品时，经过十年的等待，《弗雷德里克夫人》终于在宫廷剧院（Court Theatre）上演。三个月后，《多特太太》在喜剧剧院（the Comedy）上演，《杰克·斯特劳》在歌舞剧院（the Vaudeville）上演。6月，路易斯·沃勒（Lewis Waller）在抒情剧院（the Lyric）出演了《探险者》（*the Explorer*），这是我在写完《正人君子》后紧接着创作的剧本。我终于得偿所愿。

受欢迎的剧本

前三个剧本上演档期很长，而《探险者》又反响平平。我并没有赚很多钱，因为在那些日子里，一部热门戏剧的收入比现在少得多，我的版税也少得可怜，但无论如何我都摆脱了经济上的窘况，我的未来似乎是确定无疑的。四部戏剧同时上演的事实让我“声名”远扬，伯纳德·帕特里奇（Bernard Partridge）还为《笨拙》（*Punch*）杂志画了一幅漫画，画中威廉·莎士比亚（William Shakespeare）正站在宣传我的戏剧的展板前咬手指头。我接受了很多拍照和采访。一些有名望的人开始与我攀谈结识。我的成功突如其来，让人出乎意料。与其说我感到兴奋，不如说我松了一口气。我想我缺少那种对世事感到吃惊意外的品质，就像在旅行中，对那些最奇异的景象和最新奇的环境，我都觉得平平常常，因此不得不强迫自己去注意它们的与众不同，所以，现在我把所有这些忙乱、赞誉看作自然而然的一件事。一天晚上，我独自在俱乐部里吃饭，一位与我素不相识的会员，正在我的邻桌招待一位客人，他们要去看我的一部戏，于是开始谈论我。那位会员提到我是俱乐部的一员，客人问道：

“你认识他吗？我想他大概是很膨胀、很傲慢的吧。”

“我当然认识他了，”那位会员说，“他脑袋膨胀得连帽子都戴不上啦。”

他这么说，真是冤枉了我。我认为这次成功是我应得的。我被自己的恶名逗乐了，但并没把它当回事。我能想起的有关那个时期唯一的明确记忆，是我在潘顿街（Panton Street）散步的一个晚上。路过喜剧剧院时，我碰巧抬头一看，看到夕阳的余晖点亮了云霞。我停下来欣赏这美丽的景色，心里想：感谢上帝，我现在可以看着日落，而不必去想该如何来描述它。我的意思是我再也不用写书了，而是把自己的余生都奉献给戏剧。

我的剧本不仅在英国和美国，乃至在整个欧洲大陆都受到公众的热烈欢迎，当然，批评的意见也不尽相同。一方面，一些流行的报纸杂志赞扬我的剧本的机智、欢乐和舞台效果，同时也指责剧本的玩世不恭；另一方面，那些更严肃的批评家对剧本非常不满。他们认为这些剧本价低质劣，微不足道。他们说我为了金钱出卖了灵魂。我曾经是知识分子中一个虽不重要却也受人尊敬的一员，他们对我冷眼相待已经够糟糕的了，还像对待魔鬼路西法（Lucifer）一样，把我头朝下扔进了无底深渊。对此，我很吃惊，感觉有点恼怒，但我还是强忍着他们对我的羞辱，因为我知道事情不会就此结束。我曾渴望达到某种目的，并采取了我认为唯一可行的手段。如果有愚蠢到家的人没有注意到这一点，我也只能耸耸肩膀了。如果我继续写一些像《正人君子》那样尖刻，或《面包与鱼》那样嘲讽的剧本，我就永远不会有机会创作一些即使是最严厉的人也不会拒绝赞扬的作品。批评家指责我的写作是为了迎合公众，我并没有这么做。那时我的情绪非常高涨，善于写一些有趣的对白，对滑稽场面有敏锐的观察力，而且总是乐呵呵的。我还有更多的特质，但我把它们暂时放在一边，只用那些对达成我目的有用的方面来写我的喜剧。这些方面都是为了取悦别人，并且也达到了其目的。

我无意以短暂的成功收场，于是我写了接下来的两个剧本来巩固我在公众中的影响力。这两个剧本写得有点大胆，虽然现在看起来温和质朴，但那时却因为不雅而受到保守古板人士的抨击。其中一个剧本——《佩内洛普》（*Penelope*）肯定是有一定的价值的，因为当它二十年后在柏林重新上演时，整个演出季，剧院都座无虚席。

到现在为止，我已经掌握了我所能学到的所有戏剧技巧，所以我取得了一连串的成功，但《探险者》是个例外，我十分清楚，这个剧本由于某种原因没能很好地让观众满意。我想是时候试试更严肃的作品了。我想看看在更复杂的主题上我能写些什么，我想做一两个写作技巧上的小尝试，我认为这将会很有戏剧效果，我想看看我能在公众中走多远。我写了《第十个人》（*The Tenth Man*）和《乡绅》（*Landed Gentry*），《面包与鱼》在我书桌里放置了十几年后也终于上演了。它们既没有大获成功，也没有一败涂地。经理人既没赚到钱，也没有赔钱。《面包与鱼》上演的时间并不太长，因为那时候的公众看到一个牧师被取笑，会感到不舒服。这出戏写得有些夸张，所以与其说是喜剧倒不如说是一出滑稽戏，但里面还是有一些有趣的场景。其他的戏剧就有点两边都不讨好了。其中一出描绘了乡村绅士们狭隘而守旧的生活，另一出是关于政治和金融领域的。这两个圈子我都比较熟悉，我知道我必须抓住观众的兴趣点，让他们感动，使他们发笑，我也加强了有关上演剧目的推介。坦白地说，它们不真实，却也不夸张。我的优柔寡断是致命的。观众们觉得它们很讨厌，也不太真实。于是我休息了两年，在第二年年末写了《应许之地》（*The Land of Promise*）。在这部戏上演的几个月里，剧院里一直人满为患，直到大战爆发。我在七年内创作了十部戏剧。由于对我已经有了评价，虽然知识分子们对我不理不睬，但我还是稳稳地赢得了公众的青睐。

喜　剧

大战期间，我有许多空闲时间。一开始是因为我的工作只占用了我每天的一部分时间，写剧本也是把我的注意力从所做的事情上转移开的一种便捷方式。后来，我得了肺结核，不得不长时间躺在床上，写剧本又成了一种愉快的打发时间的方式。很快，我接二连三地写了一系列剧本。第一本是写于1915年的《比我们高贵的人们》（*Our Betters*），最后一本是1927年的《坚贞的妻子》（*The Constant Wife*）。

这些剧本大部分都是喜剧。它们都是基于文艺复兴时期非常盛行，并由哥尔德斯密斯（Goldsmith）和谢里丹（Sheridan）继承发扬的传统而写成的，由于它流行了很长一段时间，人们可能认为它确有特别吸引英国人的地方。不喜欢它的人把它描述为一种“人造”喜剧，并愚蠢地认为，用这个修饰语就是在斥责它。这是戏剧，它不是靠动作，而主要由对话组成。它以放纵的玩世不恭对待上流社会的幽默、愚蠢和罪恶。它温雅从容，有时又多愁善感，因为这是英国人的特点，有点儿不真实。它并不会说教。有时它提出一个道德问题，但只是耸耸肩，好像让你不要太过于强调它。当忙碌的伏尔泰先生（Monsieur de Voltaire）去见康格里夫（Congreve），与他讨论当前的戏剧时，康格里夫先生向他指出自己是个绅士而不是剧作家。拜访者回答说："如果你只是一位绅士，我就不会费心地来拜访你了。"伏尔泰先生无疑是他那个时代最睿智的人，但他在这方面却缺乏智慧。康格里夫先生的话哲理很深。这表明他很清楚，喜剧作家从戏剧角度需要考虑的第一个人就是作者自己。

如何写出好剧本

那时，我已经对许多与戏剧有关的事情做出了决定。

我得出的其中一个结论是，散文剧本的寿命不会比新闻报纸长。剧作家和记者需要有相似的天分，他们需要一双能发现好故事和话题的慧眼，富有朝气，以及一种生动的描述方式。此外，所有的剧作家都需要掌握一种特别的技巧。我尚不清楚有没有人能够发现这种技巧是由什么组成的。它是学不来的，因为它的存在和教育或文化没有必然联系。它是一种能力，这种能力使剧作家能够将剧本和舞台紧密结合，使文字能够穿越舞台脚灯讲述故事，犹如把文字放在立体镜下，让观众能够“阅读”。这是一种非常稀罕的能力，这就是为什么剧作家比其他艺术家酬劳高很多的原因。这与文学能力无关，众所周知，即使是最杰出的小说家在试图写剧本的时候，通常也会以惨败告终。正如不看乐谱就能演奏一样，这是一种与精神上的重要性无关的能力。如果不拥有这种能力，不论你的想法有多深刻，主题有多原创，人物刻画有多敏锐，都将永远无法写出好的剧本。

关于戏剧写作的技巧，人们已多有论述。我已饶有兴致地读了大部分这方面的书。学习如何写剧本的最好方法就是看一场你自己写的剧本的演出。这样做能教会你如何写流畅、易说的台词，如何能在不失去对白自然性的前提下最大限度地保持句子的韵律节奏。它还会告诉你什么样的台词和什么样的场景是有效的。但我认为，剧本创作的秘诀可以用两句话来表达：紧扣主题，能删则删。前者需要逻辑思维，但拥有它的人很少。这需要使构思、想法之间相互关联。追求逻辑思维是一件很愉快的事，尽管它与这个主题并没有直接关系。人往往容易离题跑偏。但是剧作家必须杜绝这种现象，就如同圣人竭尽全力避免罪恶一样，因为罪恶有可能被原谅，而跑题却是致命的。其原则就是兴趣导向。这在小说中也很重要，但在戏剧里，有更大的空间允许更大的自由，正如唯心主义者所说的，邪恶可转化为绝对完美的善，所以某些背离可能会在主题的发展中起到必要的作用。[1]或许我应该解释一下我所说的兴趣导向。作者用这种手法引导你去关注特定条件下某些人的命运，并让你一直被这些事情吸引，直到其问题得到解决。因为如果剧作家让你从主题之中游离，那他很有可能永远不会重新抓住你的注意力了。在戏剧刚开始时，剧作家将场景中的角色打造得如此吸引人，以至于如果观众的兴趣被转移到后来上场的其他角色身上，就会让他们产生一种失望的感觉，这是人性的一种心理特

---

① 一个很好的例子就是在《卡拉马佐夫兄弟》（*Brothers Karamazov*）中，佐西玛长老（Elder Zossima）的早期经历。

征。精明的剧作家会尽早地呈现主题，如果为了戏剧效果，主要人物需推迟出场。幕启时，舞台上的人物对白也会使观众的注意力集中在他们身上，这样也会增加观众对主要人物的期待。没有人能将这一方法运用得比伟大的剧作家威廉·莎士比亚更严谨娴熟的了。

兴趣引导的困难，使被称为“氛围戏剧”的创作变得非常不易。其中，最著名的当数契诃夫（Chekov）的作品了。因为在这种戏剧中，兴趣不是只集中于两三个人，而是多数人，并且由于主题是基于人物彼此间的关系以及环境展开，剧作家就必须要引导观众不要只关注剧中的一两个人物而忽略其他。而兴趣的分散，就可能使观众觉得剧中的所有角色都不温不火，毫无个性，因为剧作家必须注意，不能只突显某一个剧情或线索，使其更生动地吸引观众，所以每个事件冲突都不能过于渲染。因此，想要不让观众感到单调和乏味是很难的，不论是剧情还是角色，都无法给观众留下深刻的印象，这样他们在剧终时就很可能带着精神上的困惑离开。事实表明，这样的剧本只有配上完美的表演时才可以使人容忍。

现在我来谈谈第二条格言。无论一个场景多么精彩，也无论台词多么诙谐，抑或反思多么深刻，如果它对剧情并非必要，剧作家就必须删掉它。对于作家来说，这句话同样适用。纯粹的剧作家把能将文字付诸纸上视作一种奇迹，而这些文字——如果不是直接来自上天，而是出自自己的大脑——是神圣的。这样的人无法忍受牺牲剧本中哪怕一个字。我很清楚地记得亨利·阿瑟·琼斯向我展示他的一篇手稿，令我吃惊的是，他竟将“你需要在茶里加糖吗？”这句话用三种不同形式表现出来。难怪那些措辞勉强的人会如此重视他们写出来的文字。作家习惯了写作，他们已经学会了如何不费力地表达自己，因此能够很果断地删掉每一个废字。当然，每一位作家都有因为灵光一现而感到极度兴奋的时候。对他们来讲，弃用一个想法或一句妙语，比生拔他们的牙还痛，那就最好让他们心里铭记这句话：能删则删。

现在，这样做比以往任何时候都更有必要，因为观众们变得更加敏捷机智，也比以往任何时候都更没有耐心。剧本以某种方式写出来，是因为它们满足了观众的需求。过去的观众似乎都愿意耐心看完那些精心制作的场景，听那些角色完全诠释自己；现在情况大不一样了。我想，这种不同是由电影的出现而引起的。今天的观众，尤其是使用英语的国家的观众，已经学会了迅速看出一幕场景所要表达的东西，并且急着想看下一幕。他们通过几句话就抓住了台词的要点，因此他们的注意力很快就转移了。所以作家必须抑制自己的潜在欲望，即实现一幕场景的全部价值，或者让其角色以丰富的表达方式展现自己。暗示就足够了，因为观众完全可以明白。剧本中的对白必须是一种口语化的简短速记。他必须删减再删减，直到把其中的“水分”全部挤完。

考虑观众的感受

一部戏剧是作家、演员、观众，以及（我想现在必须加上的）导演之间共同合作的结果。现在我要考虑一下观众。所有最好的剧作家创作时都是着眼于观众的，虽然谈到观众时，他们常常带着轻蔑而不是善意，但他们知道，自己是依赖于观众的。买单的是观众，如果对所提供的娱乐不满意，他们自然就会离开。没有观众，戏剧就不存在。实际上，戏剧的定义就是：一种基于对白的，由演员来表述，无数观众来倾听的文字作品。一个为了在书房里阅读而写出的剧本其实是一种以对话形式写的小说，作者出于自己的原因（我们大多数人并不知晓这些原因）避开了常规的叙事优势。一出不吸引观众的戏也会有其自身的优点，但它不再是一出戏了，就像骡子不再是一匹马一样。（可惜的是，我们所有的剧作家都会不时生产出这种令人不满意的杂交混种。）每个与剧院有关的人都知道观众对戏剧的影响有多奇怪，日场观众和晚场观众可能会看到完全不同的戏。我们听说，挪威观众把易卜生的戏剧视为充满笑声的喜剧，但英国公众从来没有在那些扰人的戏里看到过任何可笑的东西。观众的情绪、兴趣和笑声，都是该剧的一部分。这种创造方式就像我们通过感官从客观事物中创造出日出的美丽和海洋的和平是一样的。观众并不是剧中最不重要的演员，如果他们没有履行好他们应尽的职责，这部剧就会分崩离析。那时，剧作家就像一个独自在场上的网球运动员，没了观众和对手。

如今的观众是非常好奇的动物。与其说他们聪明倒不如说是精明。他们的心智能力低于其大部分知识分子成员。如果心智能力从A排到Z，智力随着后面的字母而递减，直到歇斯底里的女店员为零，应该说观众的心智能力在字母O左右。他们非常容易受人影响，有些人会对自己根本没看出笑点的笑话发笑，因为别人看出来了而发笑，他们就跟着笑。他们很情绪化，但却本能地厌恶情绪波动，总是准备好咯咯笑着逃避。他们又多愁善感，但却只会接受属于自己那种类型的感伤。因此，在英国，他们会接受与“家”的概念有关的情感，而儿子对母亲的爱只会引发他们的嘲笑。如果某种情境引起了他们的兴趣，他们不会太在意这种情境有没有可能性。在莎士比亚的戏剧中，这种情况比比皆是，至于合不合理，观众并不在乎。人们都知道观众时常容易冲动，但他们还是坚持认为每一个行动都有其充分的理由。他们的道德是普通大众的道德，他们会真正地被一种不会冒犯其中任何人的情感所震撼。他们不是用大脑，而是用腹腔神经丛去思考。因此，他们很容易感到无聊。他们喜欢新奇的东西，但这种新奇的东西需要与旧观念相适应，这样才会让人兴奋，而不令人惊慌。他们喜欢各种想法，但是这些想法如果要以戏剧的形式表现出来，就一定是他们自己已经有了的想法，只是由于缺乏勇气，从来没有表达过。如果他们受到伤害或冒犯，就不再扮演自己该扮的角色。他们的主要愿望是要确信，虚构就是真实的存在。

从本质上讲，观众永远不会改变，但在不同的时期，或者同一时期的不同国家，他们却表现出不同程度的老练世故。戏剧描绘了当时的风俗习惯，反过来又影响着它们。随着风俗习惯变化，戏剧的服饰和主题也都有了些许的变化。例如，电话的发明使许多场景变得多余，加快了戏剧的节奏，避免了某些不合情理的剧情。可能性是一个可变因素。这仅仅是观众准备接受的东西，而且通常是莫名其妙的。和伊丽莎白时代一样，人们会到处乱放一些可能有损其名誉的信件，或无意中听到一些他们不该听到的事情，只不过按惯例，会认为其不可能发生而予以否认罢了。但更重要的是，由于人类文明的变化，我们的内心也发生了变化。因此，剧作家们所青睐的某些主题现在已不再用了。我们的复仇心理也不像以前那么强烈了，所以现在一部以复仇为主题的戏几乎是不怎么可信的。也许是因为我们不再那么有激情，甚至是因为基督的教导最终使我们厚钝的头脑开化，我们现在认为复仇是不怎么光彩的事。我曾经大胆地指出，妇女的解放和她们新获得的性自由已经很大程度上改变了男人对贞洁重要性的看法，因此嫉妒不再是悲剧的主题，而仅仅是喜剧的主题。但是，人们对这一评论极为愤慨，因此我就不再详述它了。

如何传递观念并避免说教

我之所以对观众进行这样简短的分析，是因为对剧作家来说，观众的本质是他们从事创作时必须予以考虑的最重要的传统因素。每一个艺术家都必须接受他所追求的艺术的传统，但也许这些传统惯例的性质足以使艺术本身成为次要的。十八世纪的一种诗学传统是反对热情，想象力必须以理性予以制约。所以创作出来的都只是些小诗。现在，事实上，大部分观众的心智远低于其知识分子成员，这是作家必须考虑的一个因素。我认为这样一来，肯定会让白话剧退到次要的地位。人们一次又一次地注意到，从智力角度上来看，剧院落后于时代三十年，而知识分子由于戏剧作品的思想贫乏，很少去剧院了。我认为，当知识分子在剧院里探寻思想的时候，他们表现出来的智力水平要低于人们的预期。思想是私密的事情，它是理性的产物。它取决于个人的心智能力和受教育程度。思想的交流也是私密的，是从孕育它的头脑到准备接受它的头脑的过程，如果说“一个人的美食是另一个人的毒药”，那么“一个人的思想”就更有可能“是另一个人的自明之理”。但是观众易受到群体性暗示的影响，而群体性暗示则会被人的情感所激发。我曾冒昧地认为，如果把观众按A到Z进行分类，比如，从《泰晤士报》（*The Times*）的评论家开始，代表字母A，一直到托特纳姆考特路（Tottenham Court Road）上小店卖糖果的女孩结束，她代表字母Z，那么观众的心智能力在字母O左右。所以，你怎么能写出这样一个剧本呢？这个剧本的思想要重要到使《泰晤士报》的评论家端坐在剧院前排的一等席上观看，同时又可以使坐在顶层楼座的女店员把那个牵着她手的年轻人抛诸脑后。当把他们都作为观众融合在一个整体中时，唯一能影响他们的，几乎都与情感的、普通的、基本的思想，即爱、死亡和人的命运有关。这些也是诗歌的根本思想。任何一个剧作家都能从这些主题中找到他想说的话，而这种话已经被说过了无数遍。因为伟大的真理太重要了，以至于不可能有所创新。

此外，思想并不能在醋栗丛中生长，一代人中很少有人能有新的思想。一个剧作家，如果他有幸生来就拥有写剧本并将其搬上舞台的才能，那么他不太可能同时也是一个有独创性的思想家。如果他不对具体的事物进行思考，他就不会成为一个剧作家。他对实际问题有敏锐的洞察力，但我们没有理由期待他也会有概念性思考的能力。他可能有一种善于沉思的性情，并有兴趣思考他所处的那个时代，但这种思考和拥有创造性思维之间，还有很长的路要走。如果剧作家同时也是哲学家，那可能很好，但事实上，正如他们不大可能当上国王一样，他们成为哲学家的可能性也很小。在我们这个时代，只有易卜生和萧伯纳（Bernard Shaw），拥有剧作家身份的同时，也以思想家闻名。他们都很幸运，能够生而逢其时。易卜生的时代，恰逢女性从长期以来所处的劣势地位中获得解放的运动。而萧伯纳的时代，则伴随着年轻人对维多利亚时期的传统以及时代强加给他们的束缚不断地进行反抗。他们掌握了一些新颖的戏剧题材，并且将其搬上舞台时能产生好的戏剧效果。萧伯纳拥有对任何剧作家都适用的长处：昂扬的精神、嬉闹的幽默、风趣机智以及喜剧创作的丰饶多产。易卜生，正如我们所知，创造力贫乏。他笔下的人物尽管叫不同的名字，却在单调地重复着，他对剧情的设计构思在不同的剧本中也几乎没有太大的变化。毫不夸张地说，他唯一的拿手好戏就是一个陌生人突然来到一个闷热的房间打开窗户。于是，坐在那里的人都得了一种致命的病，一切都以不幸而告终。当你思考这些作家所写的精神内容时，除非你没有受过良好的教育，否则你一定能发现，它们所蕴含的，不过是当时的普通文化而已。萧伯纳的思想表达得非常生动活泼，但那时的观众只能对此感到惊讶，因为他们的心智能力不足以使其真正理解这些思想。现在，观众不再惊讶了。事实上，现在的年轻人往往把它们视为过时的滑稽闹剧。将思想蕴含于戏剧的不利之处在于，如果它们是可以接受的，那么它们就被接受了，因此也就扼杀了有助于再传播这些思想的戏剧。因为没有什么比在剧院里被迫去听那些我们认为理所当然的思想阐述更让人厌倦的了。现在每个人都承认女性有拥有自己个性的权利，所以没有足够的耐心，是不太可能再去听《玩偶之家》（*A Doll's House*）的。意欲通过戏剧表达思想的剧作家实际上是下了一个不利于自己的赌注。戏剧在任何情况下都是短暂的，因为戏剧必须着以时尚的外衣，而如果时尚改变了，它们就失去了现实性，而这是它们吸引观众的特征之一。遗憾的是，如果戏剧是建立在后天就会过时的思想之上，这将使它们变得更加短暂。我说戏剧是短暂的，当然不是说诗剧。最伟大、最高贵的诗歌艺术可以把自己的生命给予其卑微的伴侣——戏剧。我说的是我们现代戏剧中独树一帜的白话剧。我想不出有哪部严肃的白话剧能在它所诞生的那一代人中一直幸存，但有几部喜剧却偶然地流传了几个世纪。它们会不时地复演，因为一个著名的角色吸引了某个男主角，或者一个缺少临时剧目的经理人寻思着他可以上演一出不需要支付版税的戏。它们都是如文物般的珍品。观众们礼貌地笑其机智，尴尬地笑其滑稽。他们既不会被牵制，也不会迷失自己。他们无法做到"相信"，所以从来都没有被剧场里的幻觉所左右。

但是，如果戏剧天生就是短命的，那么剧作家可能会问，为什么他不能把自己看作是一个新闻记者，一个为六便士周刊撰稿的优秀新闻记者，创作一些关于当今政治和社会话题的剧本呢？比起那些在杂志上写东西的严肃年轻人，剧作家思想的独创性不会比他们多，也不会比他们少。他们没有理由不有趣。如果到戏剧走到尽头的时候，他的思想业已过时了，那又如何呢？不管怎样，戏，已经结束了。现在对于这个问题，如果他能侥幸取得成功，如果他认为值得这么做，那么答案就是根本没有理由。但需要告诫他的是，评论家们不会对他表示什么感谢。尽管他们大声疾呼，戏剧要有思想，但当剧作家写出有思想的剧本时，如果是他们熟悉的，他们就嗤之以鼻，谨慎地认为，这些思想已是司空见惯；如果思想是全新的，他们就认为这完全是废话，会向剧作家们当头拍砖。即使是广受认可的萧伯纳，也未能逃脱这种两难境地。

许多戏剧协会的成立，是为了能向那些蔑视商业剧院的观众推出他们想看的戏剧。但这些协会日渐衰落。人们无法说服知识分子常去光顾这些演出，就算说服了他们，他们也不愿意花钱去看。有一些剧作家把他们的整个职业生涯都花在写剧本上，而这些剧本只有这些协会才能将其出品。他们试图做一些不适合戏剧的事情。一旦他们号召了很多人进入剧场，这些人就成了观众，即使他们的平均心智比一般人高，他们仍然还会受制于那些支配观众的反应。他们被情感而非理性所左右。他们需要的是行动而不是辩论。（当然，我所说的行动并不仅仅指身体上的行动：从剧院的角度来看，一个说“我头疼”的角色，和一个从尖塔上摔下来的人一样，他们都在表演一个动作。）当这些作家写的剧本失败时，他们声称，这是因为观众没有欣赏他们的能力，我并不以为然。他们的戏剧失败了，仅仅是因为它们没有戏剧价值。不要以为商业剧的成功是因为它们格调不高。它们讲述的故事也许是陈词滥调，对话也许是司空见惯，人物刻画也许是平庸无奇，但它们成功了，因为它们拥有以戏剧特有的魅力来吸引观众的不可或缺（尽管这毫无疑问是琐碎的）的优点。但这并不是商业剧的唯一优点，洛佩·德·维加（Lope de Vega）、莎士比亚和莫里哀（Moliere）的作品就体现了这一点。

我这样详尽地论述思想剧，是因为我认为，对思想剧的需求导致了我们剧院可悲的堕落。批评家们大声疾呼有思想的戏剧。但是现在，他们无疑是戏剧中最差的评判者。考虑到戏剧吸引的是作为一个整体的观众，这种从一个人到另一个人的情绪感染，对剧作家来说是必不可少的。要激起这种情绪感染，剧作家就必须让观众脱离自我，让观众成为他演奏的乐器，而他们给予的回应，包括共鸣、音调、情感，都是他戏剧的一部分。但是评论家不是去感受，而是去评判。他必须远离观众中蔓延的那种情绪感染，保持冷静。他绝不能让自己的情绪随心而走，他必须保持头脑清醒。他必须小心地不能成为观众中的一员。评论家在剧场不是以观众的身份参与剧中，而是置身事外来观察这出戏。这样一来，他便无法和观众一起感同身受，因为他并不和观众一样参与其中。自然而然，同一出戏剧中他和观众所寻求的东西便不一样。而他也没有理由能找到他所寻求的，因为戏剧并不是为了评论而生。或者，至少它们不应该是为了评论而创作的。但剧作家是敏感的，当他们得知自己所写的剧本是对成人智商的一种侮辱时，他们就会感到痛苦。他们想做得更好，所以那些有抱负的年轻人，仍然怀着对美好未来的憧憬，坐下来写有思想的剧本。这是可行的，好的剧本可以给他们带来名声和财富，萧伯纳就是一个很好的例子。

萧伯纳对今天英国舞台的影响是毁灭性的。与易卜生的剧本相比，观众并不是都喜欢他的作品，但在看过他的戏剧之后，观众就更不喜欢那些按照传统习俗写成的戏剧了。他的弟子们想要追随他的脚步，但事实证明，没有萧伯纳的天赋，一切都是妄想。这些人中最有才华的是格兰维尔·巴克。正如他的戏剧表演中的许多场景一样，格兰维尔·巴克有成为一名优秀剧作家的潜质。他有戏剧天赋，擅长写轻松、自然、有趣的对白，而且他善于发现具有戏剧效果的人物角色。萧伯纳的影响，使他很重视那些司空见惯的想法，并认为他头脑中那种天生的发散性思维是一种优点。如果他没有受萧伯纳影响，不认为公众都是些需要被威吓而不是哄骗的傻瓜，那么他本可以通过人们通常使用的“尝试错误法”，来学着纠正自己的错误，这样他才可能给这个国家的戏剧舞台创作一系列优秀的通俗戏剧。然而萧伯纳的少数追随者只是复制了他的缺点。萧伯纳在舞台上取得成功，不是因为他是一个有思想的剧作家，而是因为他是一个剧作家。他独一无二，因而无法效仿。他把自己的独创性归功于一种特质，这种特质当然不是他自己独有的，但以前从未在舞台上表现过。英国人，无论他们在伊丽莎白时代如何，都算不上是一个多情的民族。爱情，对于他们而言，与其说是激情不如说是感情。为了繁育后代，他们能力十足，但他们还是本能地认为，性是一件令人厌恶的事。他们更倾向于把爱看作是感情或仁慈，而不是激情。他们赞同学者教授们在其学术著作中所描述的，将性爱升华，排斥或嘲笑其直白的表达。英语是唯一一种需要从拉丁语中借用一个贬义词“uxorious”（过分宠爱妻子）来表达男人对妻子的挚爱的现代语言。在他们看来，一个男人为爱痴迷是不值得的。在法国，一个为了女人而倾家荡产的男人通常会得到同情和钦佩。他们认为这一切是值得的，当事者也会为此事而感到自豪。在英国，不用说别人，当事者本人也会觉得自己是个该死的傻瓜。这就是《安东尼和克娄巴特拉》（*Antony and Cleopatra*）一直在莎士比亚的大戏中最不受欢迎的原因。观众们认为，为了一个女人而抛弃一个帝国是件可鄙的事情。事实上，如果这部戏不是基于公认的传说而改编的话，他们会一致断言这样的事情是不可思议的。

有些观众曾被迫坐着在剧场看完一场“为爱而阴谋”的戏剧，他们本能地认为，尽管爱是个美妙的东西，但并不像剧作家们所描绘的那样重要，因为生活中还有政治、高尔夫、所从事的工作等其他的事物。如果有哪位剧作家认为爱是一种麻烦，是次要的事，是冲动过后的即刻满足，其后果通常令人尴尬，对这些观众来说，碰到这样一位剧作家，无疑是一种慰藉。尽管舞台上所呈现的东西都会有些夸张（我们永远不应该忘记，萧伯纳是一个非常有技巧的剧作家），但这种态度还是足够真实，令人印象深刻。它表明了盎格鲁-撒克逊种族根深蒂固的清教主义。但是，如果不是多情的话，英国人也还是多愁善感的，他们觉得那并不是他们全部的真实。当其他剧作家重复以上的说法时，不是和萧伯纳一样，是出于一种个性的自然表达，而是因为这种说法引人注目而且颇有效果，因此，它的片面性让人感觉乏味且刻意。当作家向你描述他的私人世界时，如果你感兴趣，你就会予以关注。但是，你没有理由再去费心地转述这些东西。因此，重复萧伯纳说过的话，是一件蠢事。

戏剧应当真实可信

在我看来，对现实主义的需求，使戏剧放弃了诗歌的点缀，所以，戏剧进行了错误的转向。诗歌有一种特殊的戏剧价值，任何人在观看拉辛（Racine）或莎士比亚的任何一部伟大作品中措辞激烈的长篇演说时，只要观察一下自己感受到的兴奋和激动，就会明白诗歌的戏剧效果。这种兴奋激动是独立于理智之外的，是源自韵律词句所带来的情感力量。但不止于此，诗歌赋予事物传统的形式，增强了审美效果。诗歌使戏剧达到了白话剧所不可能达到的一种美。无论你有多么欣赏易卜生的《野鸭》（*The Wild Duck*）、王尔德的《不可儿戏》（*The Importance of Being Earnest*）或者萧伯纳的《人与超人》（*Man and Superman*），如果你认为这些戏剧很“美”的话，你都算是滥用了“美”这个词。但诗歌的主要价值在于，它把戏剧从清醒的现实中解救出来。它把戏剧放在了另一个层面，使戏剧源于生活却又与生活保持一定的距离。这样，观众就更容易调整自己的感觉状态，使他们更易于感受到戏剧的独特魅力。在戏剧这种人为的传播媒介中，生活不是一种逐字逐句的直译，而是一种自由的意译，因此剧作家有足够的发挥空间，来使他的艺术达到所能达到的最佳效果。因为戏剧是一种假扮的艺术。它追求的不是事实，而是舞台效果。柯勒律治（Coleridge）所写的那种“自愿搁置怀疑”（willing suspension of disbelief）的态度对于戏剧而言是至关重要的。真实对剧作家的重要性在于它使戏剧更富有趣味，但对剧作家来说，真实只不过是一种逼真。这是他能说服观众接受的东西。如果观众相信，一个男人得知在别人那里发现了他妻子的手帕，他就因此怀疑他的妻子，那好，这就是引起他嫉妒的充分理由。如果他们相信，十分钟之内就能吃完一顿六道菜的大餐，那就好极了，剧作家就可以继续写他的剧本了。但是如果无论是动机还是行动，都要求剧作家越来越现实主义，不能快乐或者浪漫地去装点生活，而只是去复制生活，那他就被夺走了大部分的创作资源。他被迫放弃独白，因为人们自然不会对自己大声说话。他不能精简压缩事件，以加快剧情的发展，必须使它们像在现实生活中一样不慌不忙地发生。他必须避免意外和偶然，因为我们知道（在剧院里）这样的事情不会发生。结果表明，现实主义往往只能产出一些单调乏味的剧本。

当有声电影开始出现时，白话剧无力为自己辩护。因为电影可以更有效地表现动作，而动作是戏剧的精髓。银幕能营造一种人为的效果，就像诗歌曾经给戏剧带来的那样，因此戏剧又有了一种不同以往的标准——逼真，只要能够引发戏剧情境，不大可能的事也是可以接受的。电影带来了各种各样新奇、生动的戏剧效果，带给观众刺激和兴奋。思想剧作家不得不吞下这颗苦果，因为他们作品的受众主要是知识分子，而知识分子对他们的戏剧不再感兴趣，却会对滑稽闹剧哄堂大笑，并沉湎于电影画面的刺激和精彩。当然，事实是知识分子已经屈服于这种舞台剧曾竭力予以摆脱的氛围，并受到这种假扮艺术的支配，而这种假扮艺术曾让第一次看洛佩·德·维加和威廉·莎士比亚的戏剧的观众为之倾倒。

我一直不愿充当先知的角色，把改造同胞们的事留给别人去做，但我不得不陈述我的看法，那就是我为之付出了那么多心血的白话剧将面临死亡。那些仅依赖于时代习俗，而非深层次人类需求的次要艺术，只会在人类历史上做短暂停留。十六世纪的意大利牧歌曾经是一种流行的音乐娱乐形式，让作曲家们兴奋不已，并产生了复杂的表演流派。但是，当能产生其所追求的更美妙、效果奇特的乐器被发明后，它就衰落沉寂了。同理，白话剧也会遭受相同的命运。也许有人会说，有血有肉的活生生的人所带给你的情感共鸣和战栗，是电影银幕永远给不了的。还有人会说，丝竹之音永远无法弥补人类声音的亲密特质。然而，事实证明，它们可以。

有一件事可以确定，那就是如果舞台剧还有机会生存下去的话，就不要再试着去做那些电影能做得更好的事情了。那些剧作家走了一条错误的道路，他们通过大量的小场景，试图再现电影的快速动作和各种场景。我想，或许剧作家现在可以明智地回到现代戏剧的本源上来，求助于诗歌、舞蹈、音乐和壮观的场面，诉诸所有可能的娱乐资源。当然，这种戏剧需要一个同时也是诗人的剧作家。但我也意识到，电影院以其雄厚的资源，无论在哪方面几乎都可以做得比剧院更好。也许现实主义剧作家今天最好的机会，就是致力于迄今为止电影在呈现方面做得还不太成功的事情——动作是内在的而非外在的那种戏，以及机智风趣的喜剧等。银幕需要有肢体动作。无法转化成动作的情感，以及诉诸精神层面的幽默，对电影来说，都没有什么价值。无论如何，也许在某段时间内，这样的戏剧也有其自身吸引力。

但我们应该认识到，就喜剧而言，对其现实主义的要求是不必要的。喜剧是一种人造的东西，所以只有自然主义的表象而非现实，才是恰当的。我们必须为了笑而去寻求笑。剧作家现在的目的不是要真实地再现生活（这是一件悲惨的事情），而是讽刺地、有趣地评论生活。不应该让观众问，这样的事情会发生吗？他们应该满足于笑。在喜剧中，剧作家比以往任何时候都更需要要求人们“自愿搁置怀疑”。因此，当批评家们抱怨一部喜剧时不时地“堕落”成闹剧时，他们是错误的。实践证明，通过三幕纯喜剧来吸引观众的注意力是不可能的。因为喜剧吸引的是观众的集体心智，而这会渐渐让人产生幽默疲劳。闹剧则吸引的是更强健的器官，即观众的肚肠。伟大的喜剧作家，如莎士比亚、莫里哀和萧伯纳，从来没有拒绝滑稽闹剧。因为来自生活的鲜活血液，供养着喜剧之躯生存发展。

关于导演

这些想法模糊地浮现在我的脑海里，渐渐地让我对戏剧越来越不满，最终我决定来做个了断。我从未非常轻松地参与一项合作，正如我指出的那样，一部戏剧比其他任何艺术作品都更需要团队的努力合作。我发现，与合作者一起和谐地工作越来越困难了。

人们常说，优秀的演员从戏里体会到的，比作者赋予这个戏剧本身的还要多。这种说法不确切。一个优秀的演员，通过把自己的天赋带入一个角色中，往往会赋予该角色一种价值，这是一种外行人阅读剧本时看不到的内涵，但他充其量只是能达到作者脑海中所设想的理想境界。但要做到这一点，演员必须演技娴熟。在大多数情况下，演员的表演必须与作者在心目中设想的画面接近一致，令作者满意。我还算幸运，在我的所有戏剧中，某些角色的表演正是我所设想的。但是也并非所有的角色都演绎得近乎完美。这显然是不可避免的，因为最适合某个角色的演员很可能会有别的安排，所以你必须要接受第二或第三位好的演员，这种情况没别的解决办法。近年来，做过戏剧选派角色的人都知道，纽约的竞争以及英美两国影业之间的竞争，使得为某一角色找到一位合适的演员比以往任何时候都困难得多。经理人逐渐发现自己不得不聘请一位他认为资质平庸的演员，因为没有其他合适的人选了。另一个方面的困难就是薪水问题。一个小角色经常需要聪明的演绎，所以需要有经验的演员来表演。但从经营的角度来看，这个角色只会支付一定的薪水，所以物色合适的人选参与其中就有些不切实际。某一角色没得到充分的演绎，那么整出戏的平衡则会受到危害。一幕具有一定价值的场景可能会因为不恰当的表现而被舍弃。最适合某一角色的演员，却不愿意出演这个角色，可能因为这个角色太小或者不能引发共鸣，这种情况时有发生。

说了这么多，我并无意存心降低我对那些优秀男女演员的感恩之情，因为他们，我的很多戏剧都取得了如此大的成功。我欠他们很多。那些帮我实现梦想的人太多了，要把他们的名字一一列出来，未免有些乏味。但有这样一位演员，因为他还不算一个明星，所以几乎没有得到他应得的认可，可我愿意提一下他。他是C.V.弗朗斯（C. V. France）。他曾参演了我的几部戏剧。他演的每一个角色都令人钦佩。他表现出了我脑海中人物性格中最细微的特征。在英国的舞台上很难找到一个比他更有能力、更聪明、更多才多艺的演员。另一方面，我也意识到，在我创作完成的戏剧中，观众没有看到所有我希望他们看到的东西。关于演员选角错误，特别是发生在有名气的演员身上时，往往不能被纠正，然后作者会感到屈辱，因为对他的评判仅仅是对其意图的曲解。舞台上没有不受演员影响的角色。有些角色舞台效果很好，也有些角色——往往都是非常重要的——反而效果不佳，但无论如何，舞台效果只有在角色得到完美演绎的情况下才能得以充分实现。世界上最幽默的台词只有以正确的方式说出来才显得好笑。不管一幕场景有多温馨，如果表演中没有温情，整个场景就会没有任何效果。演员为剧作家准备的另一个陷阱是经常不被觉察的。选择演员扮演的制度使这种陷阱难以避免。作者设计出一个角色，然后一个演员被选定，因为他具备作者所需要的特质。但是演员在作者设定好的人物上赋予其个人的特质，会造成荒唐的夸张。作者创作的原本真实、自然的人物，就这样变得怪诞可笑。我经常试图让一位演员扮演与其自身类型相反的角色，不过我不知道这个方法是否被证明是成功的。它需要演员有更强的适应能力。也许剧作家应对这一困难的最佳方式，就是不去充分描写他剧中的角色，而是轻描淡写地勾画人物，让演员以他们自己的个性丰富这个角色。但剧作家一定要确定能选出可以做到这一点的演员。

这种夸张、错误地选派角色，有时候是不可避免的，但已经足以歪曲作者的意图，而作者的意图还会经常被导演进一步地歪曲。当我第一次为舞台写剧本时，导演对他们自身作用的定位要比最近谦逊，那时他们仅把自己限于删减剧本冗长乏味的地方，并用他们的才能来掩饰作者的建构错误。他们安排了演员的站位，并帮助他们充分演绎自己的角色。我认为，莱因哈特（Reinhardt）肯定是第一位为导演提出在合作中要占主导地位的人。他的例子使得那些天赋有限的导演开始效仿，有的人不止一次可笑地宣称，作者的脚本仅仅是导演表达自己想法的工具。有些导演甚至把他们自己想象成剧作家。杰拉尔德·杜莫里耶（Gerald du Maurier），一位非常出色的导演，他告诉我说，他没有兴趣指导一部他无法改写的戏剧。这仅是一个极端的例子。但是找到一位仅满足于诠释作者作品的导演，确实变得非常困难。导演经常把指导戏剧视为一个可以进行原创的机会。如果公众知道，导演的愚蠢固执使得一个作者真正的意图没有被如实地表现出来，那他们不仅会感到惊讶，而且会责备导演的粗俗与愚蠢。导演是一个有思想的人，但思想不多，这是一件灾难性的事情。孕育思想虽令人兴奋，但只有当你孕育的思想足够多，以至于你没有给它们带来任何不应有的后果，并且以其所拥有的价值看待这些思想时，它才是安全的。想法很少的人会发现很难不以过度的崇敬之情看待其思想。一个导演会很重视他想到的一些碎片式的对白和一点事端或场景效果，以至于为了引入这些东西，他会兴高采烈地打断戏剧的动作或歪曲戏剧的意思。导演往往都是虚荣、自负、固执己见和缺乏想象力的。他有时候独断专制，会迫使演员复制他自己的语调和他自己的动作。演员们通过拍马屁来获得角色，通过自己的顺从来得到导演的欢心，导演说什么他们做什么。这样，他们的表演中就没了演员诠释角色的自发性。最好的导演就是做得最少的导演。我现在很幸运，不时有导演诚恳地渴望能尽力按照我的剧本进行指导，并且会努力满足我的愿望。但是进入别人的思想是非常困难的，即使是志同道合的导演也只能大致勾勒作者意图。我想，导演带给观众的都是些观众期望看到的东西而不是作者真正的意图，但这并不符合作者的目的。

当然，对于作者来说补救的办法就是自己导演自己的戏剧作品。除了那些自己曾是演员的人外，很少有人能做到这样。仅仅告诉演员语调或手势是错误的是不够的，你必须能够通过言语和行为向他展示什么是正确的。由于配角演员的演技不足，这一点就比以往任何时候都更加必要。杰拉尔德·杜莫里耶常常通过一种令人羞愧的但却很有效的滑稽讽刺的权宜手段来模仿一位演员做某事的方式，然后向他展示该如何做到这一点。他之所以这样做只是因为他曾是一个非常出色的模仿者和很好的演员。但这只不过是一件小事。导演是一件复杂的事情，是一项业务，或者如果你喜欢这门艺术，那就必须经受痛苦才能获得。导演要处理戏剧的各个部分，入场和出场，安排各种角色的站位，以便他们的分组合理，并且在合适的时间很容易抓住观众的眼球。他考虑到了每个演员个体的特殊性，当某人被要求做一些不属于他能力范围内的事情时，他可以找个借口来解决这样的困难。导演也会留意整体演员的特殊性，比如没有哪个英国演员可以在说出二十行以上的台词时不会感到不自在，导演就设计了帮助他们克服此种困难的办法。他将观众的兴趣引导到剧情的主线上，并通过巧妙设计去引诱他们，以坚持看完枯燥且不可缺少的说明部分和关键点，以及对戏剧情节的介绍，没有哪个戏剧可以避免这些。他还要考虑到观众会走神，通过制造“事端”在危险的节点吸引人们的注意力。他还要考虑到演员的敏感、嫉妒和虚荣，并留意自然的利己主义不会打破戏剧中的平衡。他明白每个角色都要赋予其合适的价值，而且没有哪个演员乐意通过侵犯其他角色来使自己的角色更加重要。他决定何时加速、何时放慢、何时强调、何时忽略、何时浓墨重彩、何时淡写轻描。他负责处理布景，并注意使布景适合表演，对于表演实用可行。他选择适合各个角色的服装，并密切关注那些为了穿得漂亮而穿得不合适的女演员。他还要留意灯光。无论是一件事物，或是一门艺术，都需要导演有条理精细的技术知识。他还需要机智、耐心、好脾气、定力和适应能力。对于我自己而言，我一直都意识到自己不具备导演一部戏剧所需的知识和能力。另外，阻碍我的还有我的口吃和一个不幸的事实：我写完一个剧本并最终纠正了打字稿后，我再也不会对它提起任何兴趣了。我很好奇，作品会怎样被表演出来，但是当我把剧本交给别人时，我再也不能像以前那样亲密地理会它们了，就像母狗不再关心它那已经被别人收养的小狗一样。别人经常指责我说，当导演和我的意见相左时，我经常接受他们的想法做出让步。事实是，我一直倾向于认为别人比我知道得多。除非我生气，否则我从不喜欢吵架，也很少发脾气，所以最终我并不在乎那么多。令我对戏剧日益感到厌倦的原因，并不是导演有时的不称职，而是他们必须一直都在。

无须感激观众

现在谈一下观众。我不会感激观众，这样说可能让人觉得很没有教养，但观众赋予我名声，即使是坏名声，还有财富使我能够和我父亲像从前一样生活。我旅行过，我住在一个可以看到大海的房子里，安静而远离尘嚣，宽敞的房间隐匿在花园之中。我常想，生命太短，一个人无法自己去做世间所有的事，因此可以付钱让别人替你去做，我已经足够富有，有能力享受“只做自己能做的”的奢侈。我也能够招待我的朋友，帮助那些我想要帮助的人。所有这些都归功于观众的青睐。尽管如此，我发现自己对剧院的观众越来越不耐烦，我曾提过，从一开始亲眼看见我自己的戏剧时，我就感到特别尴尬，这种尴尬并没有随着我创作的一部部戏剧的成功得到减缓，反而越来越严重。一大群人正看我的戏剧，这种感觉令我厌恶、恐惧，所以我发现自己出门会避开自己常走的街道，因为位于那条街上的剧院正上演着我写的一出戏剧。

我很早就得出一个结论，一部不成功的剧作没有多少意义。我认为我确切地知道如何成功地写出一部剧本。也就是说，我知道能从观众那里期望些什么。没有他们的配合，我什么也做不到，我也知道他们的配合可以到何种程度。我发现自己对此越来越不满意了。剧作家必须与观众的偏爱产生共鸣，洛佩·德·维加和莎士比亚的例子就是为了证明这一点，并且在他们最大胆的时候，他们也只能把观众因怯懦或懒惰而满足于感受而不去表明的东西写进字句里。我已经厌倦了半真半假，因为这是观众准备接受的全部。在谈话中允许的各种事实，却不能被搬上舞台，我已经厌倦这种荒谬的行为。我厌倦了让我的主题去适合某个特定的范畴，把它延展到一个不必要的长度或者对其进行过度压缩，只因为戏剧要吸引观众，就必须要有一定的长度。我厌倦了尽力不使这个戏剧让人感到无聊。事实上，我不想再遵守戏剧的必要规定了。我怀疑我已经与公众的品位脱节，为了证实这一点，我特地去看了很多正吸引小镇居民的戏剧。我发现它们很乏味。那些让观众感到有意思的笑话，我笑不出来；那些让他们感动流泪的场面，我无动于衷。事情就是这样。

我渴望小说的自由，想到那些愿意倾听我述说一切的孤独的读者，我很高兴，我可以和他们建立一种亲密关系，这种关系我从没企望在剧院花哨的宣传中，能与观众建立起来。我认识很多已经过气的戏剧家。我曾经看到他们可怜地坚持写下一部又一部自己的戏剧，却没有意识到时代已经变化。我看到其他人拼命想要捕捉现代精神，当其努力遭到嘲讽时便感到沮丧。我曾见过许多著名的作家，当他们把写好的一部戏剧交给剧院经理时，遭受到了傲慢的对待。而曾经，他们被这些经理的合同烦得要命。我还听过演员们对这些剧作家充满鄙视的评论。我看到他们最后意识到公众与他们结束关系时的困惑、惊愕和痛苦。我听过阿瑟·平内罗和亨利·阿瑟·琼斯在他们辉煌的时候对我说过同样的话，一个带着冷酷和讽刺的幽默，另一个带着疑惑和愤怒。他们说：“他们不再要我了。”我想我还是见好就收吧，离开为妙。

戏剧的局限性

但我的脑海中仍然还有几部戏。其中有两三部只是模糊的计划，我愿意放它们走，但有四部戏已在心中成形归类，我已准备好把它们写出来，而且我也意识到，如果我不把它们写出来，它们会继续缠扰我的。多年来我一直在想着它们，但我从未动笔，因为我认为它们不会给观众带来欢乐。我一直不喜欢经理人在我身上亏钱，我认为这归于我的资产阶级本能，幸好总体来说他们并没有亏钱。人们普遍认为，上演戏剧盈利与否的比例是四比一。当我说事实证明了我一直是四比一以上时，我认为我并没有夸大其词。我按照自己希望其越来越不成功的顺序写了我最后几部戏剧。在我确定与观众了断之前，我不想破坏我在公众间的声誉。我很惊讶，前两部戏剧取得了相当大的成功。最后两出和我预料的一样，没那么成功。我仅拿出《圣焰》（*The Sacred Flame*）这部戏谈一下，因为我在其中尝试了一个实验，本书的一些读者可能认为它足够有趣，值得花几分钟时间斟酌一下。我尝试在这部戏中写一种比我过去习惯使用的更为正式的对话。我于1898年写了我的第一部全幕剧剧本，1933年写了最后一部。在那段时间里，我目睹了对话的变化：从平内罗浮夸、迂腐的演讲，奥斯卡·王尔德优雅的造作，转变到当今的极端口语化。对现实主义的需求诱使剧作家们越来越深地陷入了自然主义，正如我们所知，一种被诺埃尔·科沃德（Noel Coward）孕育到极致的风格。不仅要避免“过于文学”，还要极力追求“现实性”，而且避开语法的运用，句子被断开，因为据说在日常生活中人们讲话是不合乎语法的，采用断句或者是不完整的句子，其使用的词汇也是最简单、最普通的单词。这种对白靠耸肩、挥手和面部表情来弥补不足。由此我认为，此种过分跟风就是剧作家们对自己利益严重的损害。他们再现的俚语的、省略的、不完整的语言，只是一个阶层的语言，年轻且缺乏教育的富裕阶级的语言，报纸上把此种人描述为“赶时髦”的人。他们是八卦专栏和插图周刊页面中的人物。英国人发音不清，这是事实，但我不认为他们说话像别人所说的那么不清楚。还有很多人，包括不同职业的成员以及有修养的女性，他们使用合乎语法和精心挑选的语言，来装饰自己的思想，用合适的词语和恰当的语序，清晰地说出他们想要表达的东西。当前的情形，迫使一名法官或者名医像酒吧里无所事事的人一样无法充分地表达自己，这严重歪曲了事实真相。它缩小了剧作家可以处理的角色范围，因为他只能用言语表明这一范围。而当对白只是一种口语化的象形文字时，不足以描绘出人类微妙的心灵或错综复杂的情感。剧作家不知不觉地被引导着去选择观众心目中讲话自然的人作为他的角色，其言谈不可避免地简单且浅显。这样一来限制了剧作家的主题，因为这种创作方式很难处理人类生活的根本问题，当你把自己局限于自然主义对话时，要想分析人性的复杂性（以及戏剧性的主题）是不可能的。自然主义的对白模式已经扼杀依赖口头智慧的喜剧，而口头智慧又依赖于巧妙的措辞。因此它在散文剧的棺材上又加了一个钉子。

于是我想，在《圣焰》中，我会尝试让我的角色不用他们日常所用的词语，而是以一种更正式的方式，使用那种如果他们能够预先准备好，而且知道如何用精准的语言将他们想说的表达出来才会使用的措辞。可能是我处理得不太好，在排练期间，我发现演员们不习惯使用这种语言，他们显得很不舒服，感觉就像在背诵台词，我不得不简化和分割我的句子。我留下足以让评论家们批评的余地，由于“文学性”，我的某些对话受到指责。他们告诉我说，人们不那样说话。我也从没想过他们会这样说话。但我没有坚持。我就像一个出租屋的租客，租期将至，再改变结构是不值得的。在我的最后两部剧中，我重新使用了之前一直使用的自然主义对话。

当你多日来穿行于山路之间，某一时刻，你确定绕过面前的巨石之后，平原就会出现在你面前。然而面对你的却是另一座巨大的岩壁，令人生厌的山路还在继续。在此之后，你确信将会看到平原，你错了，山路仍在蜿蜒，另一座大山挡住了你的去路。随后平原突然就出现在你面前。你内心狂喜，视野广阔，阳光充足，山脉的压迫感从你的肩膀上去除，你兴奋地呼吸着这广袤田野里的空气。你会有一种美妙的自由感。当写完最后一部戏剧时，我就有这种感觉。

我不能说我已经一劳永逸地摆脱了剧院的束缚，因为作家就是灵感（被迫称它为灵感，是因为缺乏更谦逊的词语）的奴隶，我不确定，有一天我会不会突然想到一个只能以戏剧形式表达的主题，我希望不会。因为我有一种观念，我想我不能指望读者除了愚蠢的傲慢外，还要思考。我似乎已经从剧院中获得了所有可以获得的经验。我赚了足够多的钱，足以按自己喜欢的方式去生活，并且可以满足自己的一切要求。我已经“臭名远扬”，同时可能还拥有暂时的美名。我本应该会感到满意。但是还有一件事我想要实现，对我来说，这可能是我最没希望在戏剧中达成的梦想——完美。我考察的不是自己的戏剧，没有人能比我对其中的错误更加敏感，我说的是从过去传给我们的戏剧。即便是最伟大的戏剧也有严重的缺陷，你必须从它们创作时的时代规约和舞台条件上寻找借口。伟大的希腊悲剧离我们很远，并且解释一个太过陌生的文明，很难坦率地评判它们。在我看来，没有比《安提戈涅》（*Antigone*）更接近完美的戏剧了。在现代戏剧中，我认为没有人比拉辛能偶尔更接近完美。但是这是以多少限制为代价啊！他运用高超的技巧雕刻了一个樱桃核。只有盲目崇拜者才会拒绝发现莎士比亚戏剧在处理手法和人物刻画上不小的缺点。因为正如我们所知，莎士比亚会为了效果好的场景而牺牲一切，这也可以理解。所有这些戏剧都是用不朽的诗句写成的。

当你尝试在现代散文戏剧中寻找完美时，你不会找到的。我想大家都承认易卜生是过去一百年以来最伟大的剧作家。与他的戏剧中所有巨大的优点相比，他的创作是多么贫乏，他的人物是多么重复，当你从表面向下挖掘时，会发现大多数主题都是多么愚蠢！这样或那样的缺陷在戏剧艺术中看起来是固有的。为了获得一个结果，你必须牺牲另一个，要写出一个完美的戏剧，在所有细节、主题的趣味和意义，在人物塑造的精妙和原创，在构思的合理以及对白的优美等方面都达到完美，这是不可能的。在我看来，在小说和短篇故事中，完美还是可以实现的，虽然我几乎不敢奢望，但我一直认为，在某些媒介中，我可以比在戏剧中更有机会接近完美。

/第五讲/

小说的写作

小说处女作

我写的第一部小说叫《兰贝斯的丽莎》（*Liza of Lambeth*）。我寄给的第一家出版社就接收了它。有一段时间，费希尔·昂温（Fisher Unwin）一直在为他的“笔名丛书”系列（The Pseudonym Series）出版大量的短篇小说，吸引了很多读者的目光。其中就包括约翰·奥利弗·霍布斯（John Oliver Hobbs）的小说。在读者看来，这些作品富于机智，文笔大胆。它们让作者获得了名气，也确定了这套丛书的声望。我写了两篇短篇故事，我想将其合成一卷，篇幅长短应该适合收录到这部丛书中，然后把它们寄给了费希尔·昂温。一段时间过后，他把它们退了回来，并附上一封信，问我有没有一部写好的长篇小说可以交给他。这带给我很大的鼓舞，我随后立即坐下来创作。我白天在医院工作，所以只能在晚上写作。我一般六点回家，读读我在兰贝斯桥拐角买的《星报》（*Star*），早早吃晚饭，清理好桌子后便开始工作。

费希尔·昂温对他的作者们很严苛。他利用我的年轻、无经验、乐于出书的心理，就与我签合同，但直到他卖出很多书后，我才拿到版税。但他懂得如何推销他的产品，他把我的小说寄给许多有影响力的人物。此书得到了广泛的评价，巴兹尔·威尔伯福斯（Basil Wilberforce）——后来的威斯敏斯特副主教——还在教堂布道时宣传了这本书。圣托马斯医院的资深产科医生被这本书深深地打动，还为我提供了一个他手下的小职位。此书出版后，我很快就通过了期末考试。这本书夸张的成功，使我决定放弃医生这个职业，因此我不明智地拒绝了他的好意。第二版的书一个月内就要求出版，我更确信我以写作为生计很容易就能赚钱。一年后，我从塞尔维亚回来，就收到了费希尔·昂温寄来的版税支票，这让我有些吃惊。金额足足有20英镑。如果从书的持续销售情况来看，那么这本书依然可读。这本书如果有什么价值的话要归功于我在医学院的实习，使我可以有幸接触生活的另一面，而当时的小说家很少探索过生活的这一面。阿瑟·莫里森（Arthur Morrison）的《陋巷故事》（*Tales of Mean Streets*）和《来自杰戈的小孩》（*A Child of the Jago*）引发公众开始关注底层人民的生活，我则得益于他在公众中引发的兴趣。

对于写作我一无所知。虽然就我这个年纪而言，我已读了不少书，但我读书时不懂得辨别，只是贪婪地一本接一本地读我知道的书，看看里面都写了些什么，虽然我觉得我从中学到了一些东西，但当我决定开始写作时，我觉得还是莫泊桑（Guy de Maupassant）的小说和短篇故事对我的影响最大。我十六岁时开始读他的作品。不管我什么时候去巴黎，我都要花一下午时间待在奥德翁（Odeon）

剧院的长廊里浏览那里的群书。在那里，莫泊桑的一些书以小册子的形式出版，售价七十五生丁，我买下了这些书。但其他书定价三个半法郎，我还负担不起，所以我常常把书从书架中取出来，读到哪算哪。穿着淡灰色工作服的管理员没有注意到我，当他没有看过来时，我就翻开标记的那页，继续不间断地读。因此，我在二十岁以前就设法读完了莫泊桑的大部分作品。尽管他现在不像以前那样享有盛名，但必须承认他还是有很多伟大的过人之处。他头脑清晰，较为直接，具有某种形式感，他还知道怎样从他必须讲述的故事当中获取最大的戏剧价值。我不禁认为，比起那时影响年轻人的英国小说家，他是一位更值得追随的大师。在《兰贝斯的丽莎》里，我没有添油加醋，也不夸张地描述我在医院门诊部以及作为产科职员在病区遇到的那些人，还有我入户随访，或无所事事闲逛时所遇到的那些打动我的事。我缺乏想象力（因为想象力随着运用而增长，和大家以为的相反，年轻人的想象力要弱于成年人），这使我只能直截了当地写下我的所见所闻。我这本书的成功仅因为有一次幸运的机会。它并不意味着我的未来。但这个我那时还不知道。

费希尔·昂温竭力劝我再写一本更长的关于贫民窟的小说。他说，这不仅能够符合公众的口味而且它将能够成功，因为我已经打开局面开了好头，这本书会比《兰贝斯的丽莎》更为成功。但这根本不是我预想的。我有远大目标。我曾有一种不知哪里来的感觉，就是你不能追随成功，你要跨过成功。我从法国人那里学到，不要太重视区域小说，我一旦写完了一本关于贫民窟的小说，对这种类型的题材就不再感兴趣了，实际上我已经写完一本不同类型的小说。费希尔·昂温收到这本小说后肯定会失望。小说的背景是文艺复兴时期的意大利，灵感来自我从马基雅弗利（Machiavelli）的《佛罗伦萨史》（*History of Florence*）中读到的一个故事。我写下这本书是因为我读到了安德鲁·朗格（Andrew Lang）关于艺术小说的几篇文章。其中一篇他讲道，历史小说是年轻作家唯一有希望获得成功的文体，这一观点让我十分信服。因为年轻人没有足够的生活经历去写当代人的礼仪风俗。历史却可以给他提供故事和人物，年轻人血液中浪漫的热忱赋予他创作这类文体的力量。现在我知道，这很说不通。首先，说年轻作家没有足够的知识去写他的同代人，这不是真的。我并不认为，一个步入晚年生活的人可以比他年少时期对人的了解程度高出多少。一个人的家庭，和他度过大部分童年时光的仆人、学校的老师、其他的男孩女孩——男孩子肯定对这些人了解很多。他直截了当地观察他们。成年人有意识和无意识地向年轻人介绍他们自己，却不会对成年人这么做。而且孩子，尤其是男孩，会认真观察他所处的环境，他所住的房子，乡村或者是城市的街区，这些细节在他成年以后很难再意识到了，因为大量的过往印象模糊了他的感受力。历史小说的确需要具有丰富经验的人来创作出真实的人物，创作素材中的人需要具备不同习俗和观念，第一眼看上去与我们不同；而重新创造过去不仅需要大量的知识，还需要想象力，但这些似乎很难从年轻人身上找出。我应该说，事实与安德鲁·朗格所说的正好相反。小说家应该把历史小说放到他创作生涯的末期，那时他的思想和他的生活的变迁已经给他带来关于世界的许多丰富的知识，经过多年对他周围人个性的探索，他已经获得了深入洞察人性的直觉，这使得他能够理解和创造过去年代的故事。我已经写出我知识范围内的第一部小说，但受这个不良建议的怂恿，我开始创作一部历史传奇。我利用长假期间，在卡普里（Capri）进行创作，我的激情每天早晨六点都会把我唤醒，然后一直创作，直到饿到不得不去吃早餐才停笔。不过，至少我还能想到并做到在大海里度过早晨的余暇时光。

写作的第一个十年

我没有必要再谈论接下来的几年里写的小说。它们中的一部——《克拉多克夫人》，还算成功的作品，我已经在我的作品集中重印了这部小说。其他作品中，有两部是根据未能上演的剧本改编而成的小说，它们就像一种不光彩的行为，在我心底搁置良久。我本该下气力去压制这种念头，但现在我知道了自己内心的疑虑没有太多必要。即使是最伟大的作家也写过许多烂书。就连巴尔扎克也有很多好书没有收入到《人间喜剧》（*Comedie Humaine*）当中，而书中也仍有部分作品，只有学生才会费心去读。作家大可放心，那些只要是他自己想遗忘的书，是会被读者们忘记的。其实，我的几部作品中，其中一本书是因为我需要赚到足够的钱来支撑我接下来一年的生活；另一本是因为我当时被一位品位奢华的年轻女人所吸引，而我这种欲望未能得到满足，因为我注意到她有更为阔绰富有的仰慕者，他们有能力满足她那轻浮的灵魂所渴望的奢华，而我除了一片真心和幽默感，什么也给不了她，我决定写一本书，这样就可以赚到三四百英镑，使我能够有信心面对我的情敌，因为那个年轻女子太有吸引力了。尽管你很努力，但要花很长时间才能写出一本小说；你还要等到它出版后，出版商再过几个月才会支付稿酬给你。这样的结果就是，当我收到稿费以后，我原以为会永远持续下去的热情感觉渐渐消耗没了，我也不会再想按设计好的计划使用这笔钱了，于是我用它去了埃及。

除了这两个例外，在我成为一名职业作家，开始写作的第一个十年里，我写书仅是为了锻炼我的本领。困扰职业作家的一个主要难题是，他必须以牺牲公众读者为代价来提高他的写作技巧。他被自己内心的本能所束缚，脑子里满是各种主题。但他没有娴熟的写作技巧去处理它们。他的经验很少，未经历练，不知道如何充分利用他拥有的天赋。当他完成了创作时，他必须尽他所能让书得以出版，当然部分原因是想得到钱用来生活；还有部分原因是，直到付印出版后他才能知道这本书的反响到底什么样，所以只有通过朋友的意见和评论家的批评，他才能发现问题。我曾听说，莫泊桑无论写了什么都会呈给福楼拜（Flaubert）看，这样他坚持写了好几年，福楼拜才允许他发表他自己的第一个故事。全世界都知道，就是那部叫《羊脂球》（*Boule de Suif*）的小杰作。但这只是一个例外。莫泊桑在政府办公室供职，这个工作使他既能维持生计，同时又有足够的闲暇从事写作。很少有人会如此有耐心，愿意等这么久让其作品在公众那里试试运气，也很少会有人如此幸运地碰到像福楼拜那样伟大的作家认真尽责地去指导他。对作家来说，如果一直等到他们积累了更丰富的生活知识，更懂得如何运用艺术技巧去处理各种素材才出书，那么他就在很大程度上浪费了这些本可以好好利用的素材。我有时会希望，我的第一本书在当时没那么幸运地立刻被接受，这样的话，我本应该继续从事医药行当；我本应该得到医院的职位，到各个地区做执业医生的助手，做代理医生；那样，我就可以收获许多宝贵的经验。如果我的书被一次次地拒绝，那我就会带着更完美的作品出现在公众面前。我很后悔没有人指导我。我本可以少走许多弯路的。我认识一些文人，不是很多，但即便这样我也觉得，与他们一起虽然过得很愉快，却对写作无益。由于我的腼腆，自以为是，缺乏自信，所以不去主动向他们寻求建议。我研究的法国小说家比英国的多，从莫泊桑的书中学到我能得到的东西之后，我又转向司汤达（Stendhal）、巴尔扎克、龚古尔兄弟（the Goncourts）、福楼拜和阿纳托尔·法朗士（Anatole France）。

我尝试过各种实验。其中一个在当时还有点与众不同。我一直热切寻求的生活经验告诉我说，小说家可以选取两到三个人，甚至一群人，描述他们的各种冒险经历、精神或者其他方面的，仿佛世界没有他人存在，没有其他事情发生一样。但这种写作方法反映的现实图景很片面。我自己则生活在几个相互之间没有联系的圈子里，我想，如果有人在创作时，能够同时处理在某一时期的不同地方圈子里发生的同等重要的多种故事，那创作出的这幅生活图景就会真实多了。这次小说的人物比以前设计的都要多，因为我设计了四到五个独立的故事。这些故事之间都会通过一条暗线相联系——书中一位老妇人会与每个故事中的一位角色认识。这本书被命名为《旋转木马》（*The Merry-go-round*）。本书有点荒谬可笑，由于受十九世纪九十年代唯美学派的影响，我设计的每个人物都非常美丽，写作风格紧凑而做作。它的主要不足在于，书中缺少一条导引读者兴趣的连续性的主线。毕竟几个故事有重有轻，把读者的注意力从一些人转移到另一些人容易令人厌烦。我之所以失败，是因为我忽略了一个最简单的方法，就是从个体的视角去解读不同的事件以及与事件关联的人物。这个策略已在自传体小说中使用了几个世纪，尤其是亨利·詹姆斯把它发展得特别实用。在写作中，詹姆斯以“他”来代表“我”，从全能叙述者的无所不知，回归到参与者的不完全了解。通过这样的处理方法，他展示了如何统一而逼真地讲述一个故事。

职业作家与财富

我觉得我比大多数作家的发展都慢得多。在旧世纪末和新世纪初的那几年，我都被当作一个年轻、聪明的作家，相当早熟、苛刻且有点令人讨厌，但还算值得认真考虑。虽然我靠写书赚的钱很少，但我的书还是得到了详细而审慎的评论。但当我把我的早期小说与现在的年轻人写的小说相比时，我只能说，他们的作品要好很多。上了年纪的作家会不断关注年轻人的作品，我也不时地读他们写的小说。十几岁的女孩，年轻的大学生，他们写的书在我看来文笔很好，谋篇构思也不错，经验也很成熟。我不了解现在的年轻人是否比四十年前的人成熟得快些，或者说比那时小说艺术发展得更先进，以至于现在写出一本好书更容易些，而那时写一部很平庸的小说都很难。如果有人费神去浏览一下刊物《黄面志》（*The Yellow Book*），这在当时是仅有的汇集高深智慧的文艺季刊，你会吃惊地发现，其中的大部分文章质量都很差。从其刊登的所有文章来看，这些作家只不过是一潭死水中的旋涡，英国文学史投给他们的不过是匆匆一瞥。当我翻开那些发霉的书页，问自己如果再过四十年，这些年轻作家是否会如《黄面志》中的未婚姑妈一样枯燥乏味，我有点战栗。

我很幸运，突然成为很受欢迎的剧作家，因此，也没有必要为了维持生计，一年必出一本小说了。我发现戏剧更容易写，而它们给我带来的恶名并没有令我感到不快；它们也为我赚了足够的钱，使我的生活不像以前那么拮据。我也不是那种从不担心明天的不羁性格。我从不喜欢借钱。我讨厌欠债。颓废悲惨的生活对我也从没有任何吸引力。我也不是在脏乱的环境中长大的。我有能力后，就立马在梅费尔（Mayfair）买了一幢房子。

有些人藐视财富。当然，他们说艺术家不宜让财富妨碍自己，或许他们是对的，但这并不是艺术家们自己的观点。他们可能不愿住在其仰慕者期望的阁楼里。他们会因为自己的奢靡浪费而毁掉自己。毕竟，他们会想象自己拥有地位、漂亮的房子、顺从的仆人、华贵的地毯、可爱的画作，还有奢华的家具。提香（Titian）和鲁本斯（Rubens）都生活得像王子一样。蒲柏有自己的避暑洞室（Grotto）和梅花形屋（Quincunx），沃尔特爵士（Sir Walter）也有自己的哥特式阿伯茨福德庄园（Gothic Abbotsford）。埃尔·格列柯（El Greco）有他自己的套房，用餐时有专门的演奏乐师，他还有自己的图书馆和华丽的衣服，但去世时却破产了。艺术家住在双拼别墅里，吃一个全职女仆做的农家馅饼，那可能不太正常。其灵魂不是公正无私，而是无趣而卑小的。当然，对于艺术家来说，这种充斥在他身边的奢华感仅仅是一种消遣。他的房子、庭院、汽车、藏画，都是他取悦自己的玩物，这些是他能力的可视化象征，它们不会表明他本质的超然孤傲。对于我自己而言，我已拥有了用金钱可以买到的所有的东西，和其他经历一样，我也可以大方地放弃我所得的一切。我们生活在不确定的时代，我们的一切都可能被夺走。有足够的粗茶淡饭来满足我不大的胃口，有自己的一间房，有从公共图书馆借来的书，还有笔和纸，就没有什么遗憾了。我很高兴作为剧作家能赚许多钱，还给了我自由。我得小心对待拥有的这些，因为我不想回到那种因为缺钱而不能做自己想做的事的日子了。

我是一个作家，就像我本可能会成为一名医生或者是律师一样。作家是一个令人愉快的职业，所以如果有大量没有资质的人也可以入行，那也并不稀奇。它是个令人兴奋而且丰富多彩的职业。作家可以自由地选择任何地方、任何时间来进行工作。如果身体不适或是心情沮丧，他也可以随时休息。不过，这个职业也有一些缺点。一是，虽然在整个世界中的人、所有的风景和事件都可以作为你的素材，而你自己只能处理那些与自己天性中隐秘的创作之泉相呼应的部分。就如同矿藏丰富，不计其数，但我们每个人都只能从中得到数量有限的矿石。有着如此丰富的创作资源，作家还是可能会饿死。他找不到合适的创作素材，我们会说，他把自己写出局了。我想，很少有作家脑海里不会时常被这种忧虑和恐惧萦绕。另一个缺点是，职业作家必须会取悦读者。除非有足够多的人喜欢他的作品，不然他将会吃不上饭。有时候环境给他施加了太多的压力，他只能抱着愤怒，又不得不屈尊以满足公众的需求。一个人不能对人性抱有太多期望，期望读者能怀有仁慈之心，忽然接受一部偶尔写就的烂书。处于独立环境中的作家应该同情那些迫于生计不得不去做雇佣文人的同行，而不是给予嘲笑。切尔西（Chelsea）的一位名气不大的哲人曾说过，为金钱而写作的作家不是为了他自己而写。他说过许多有道理的话（正如一位哲人该做的那样），但这句话很愚蠢。因为读者和作家的写作动机无关，他只关心结果。许多作家需要贫困去鞭策他们创作——塞缪尔·约翰生（Samuel Johnson）就是这类人——但他们并不是为了钱而写作。如果真是如此，那他们还是挺愚蠢的，因为以同样的能力和勤勉，很多职业赚的钱都比写作多。世界上大多数伟大的肖像都是因为画家为得到相应的报酬而作。绘画就如同写作一样，艺术家一旦开始创作，就会兴奋地沉浸其中，尽其所能地完成作品。就像画家创作的画整体上令其顾客满意才会得到佣金，作家的作品也一样，除非能够整体上吸引读者，不然他的书不会有人去读。然而，作家们都有一种感觉，公众应该会喜欢他们写的东西，如果他们的书没能卖出去，错不在他们，而在于公众。我从没见过哪个作家承认，他的书没有人买是因为书写得太乏味。有许多这样的艺术家，他们的作品在很长一段时间里都少有人问津，但在最后还是获得了一定的名声。然而，作品一直不受重视的艺术家，我们自然没听过他们的名字。他们的数量要多得多。那些逝去者感恩的奉献都去了哪里呢？

如果天赋是特定的能力和特别的世界观的结合体，那么独创能力不该首先受到欢迎是可以理解的。在这个不断变化的世界里，人们对新奇事物持有怀疑态度，且需要花费一些时间去适应。一个具有某种特质的作家，必须慢慢地发现对其特质感兴趣的人。他也要花时间成为他自己——因为年轻人只有羞怯的时候才是他自己——还要花时间让其他人（他最终会炫耀似的称这些人为自己的公众）相信，他可以写出他们想要的东西。他个性越强，就会发现越难达到这一点，其谋生花费的时间也就越长。他也不能确定该结果会持久，也许因为按照他的个性，他只能拿出一两样作品，然后，他很快就会沉入难以出头的无名状态。

作家应该有一个可以提供给他面包、黄油，并且有闲暇时间进行写作的职业，这说起来容易，但实际上，尽管作者有知名度且很受欢迎，但仍不能通过写作赚到足够的钱来勉强维持生计。过去，这种现象在作家身上很常见。在读者群很少的国家，作家面临的这种情况依然存在。他必须在办公室工作来维持生计，最好是在政府部门，或是从事新闻工作。但是，以英语为母语的作家会有数量庞大的潜在公众，这样，写作这种职业也就很合理地存在了。曾经在以英语为母语的国家里有点轻视艺术培养，不然作家人数可能会更多。有这样一种正常合理的看法，写作或画画不是一个正当的职业，这种观点的社会压力阻止了很多人踏入这一行。要从事一种至少让人觉得道德上有点不光彩的行业，你必须得有非常坚定和强烈的愿望。在法国和德国，写作是一种光荣的职业，虽然它的薪水不是很令人满意，但它是受到父母认可的工作。你可能常会遇到这样一位德国母亲，当你问她，她的小儿子想要成为一个什么样的人时，她会很骄傲地回答：诗人。在法国，有丰富嫁妆的女孩，如果和一位年轻的天才小说家结为连理，那么这将是一个门当户对的婚姻。

但是，作家不仅仅在书桌上进行创作，无论是思考、阅读，还是体验着什么，他一整天都在创作。他看到的和感受到的每一件事都对他的写作至关重要，并且有意识或者无意识地积累和改变着世事给他留下的印记。对其他任何职业，他都不能给予如此专注的注意力。他不会为了自己或雇主的满意而随波逐流。作家最常选的工作就是新闻工作，因为这项工作似乎与他的本业——作家，有着紧密的关联。它的危险性也很高。报纸有种非个人性的东西，不知不觉地影响着作家。为新闻行业大量写作会使他们丧失自己看待事物的能力。他们一般有一个普遍化的出发点，常常很生动，有时兴奋狂热，但不会以其特质的视角去看，这样的特质尽管看待事物会有片面性，却充满着观察者的个性。实际上，新闻行业抹杀了为其撰稿的作家的个性。书评同样存在着危害。作家除了和他直接相关的书以外，没有时间去阅读其他的书，他无计划地阅读数以百计的书，不是为了从中获得精神收益，而是为了给它们一个合理而诚实的评论。这样的阅读，会使他的感受力变得麻木，阻碍了其自身想象力的自由驰骋。写作是一项全职工作。写作必须成为作家生活的主要目标。也就是说，他必须成为一个专职作家。如果他有足够的钱可以使他不依赖稿费，那么他很幸运，但这并不妨碍他成为一名职业作家。斯威夫特做主任牧师，华兹华斯（Wordsworth）有一份好闲差，他们同巴尔扎克、狄更斯（Dickens）一样，都是职业作家。

职业作家与业余作家

我们都知道，绘画和音乐作曲的技巧只能通过勤奋的努力来获得，而业余爱好者的作品则应以愉悦或者是恼怒的轻蔑之情视之。我们都庆幸，收音机和留声机把业余钢琴师和业余歌手赶出了我们的客厅。掌握写作技巧的困难并不比其他艺术少，有一种观念认为，既然大家都可以读信和写信，那么任何人都可以写出一本好书来。写作似乎成为现在人们最喜爱的一种消遣方式。全家人都愿意写作，就如同在高兴的日子里去教堂一样。妇女们会通过写小说来打发她们无聊的孕期时光；乏味的贵族、被革职的官员、退休的公务员，对下笔的渴望如同飞奔向酒瓶一样。国外给我留下的印象就是，每个人都可以持笔写书；但这如果是指一本好书的话，那这种印象就错了。不错，业余爱好者有时也会创作出一部有价值的作品。他可能很幸运且天生文笔很好，他可能本来就有非常有趣的经历，或者是他拥有迷人或离奇有趣的个性，这些都可以通过他笨拙的笔法记录在书中。但需要让他记住的是，有句话曾说每个人都可以写一本书，但并没有说可以写出第二本书。业余作者最好明智地不要再去碰运气。他的下一本书绝对是毫无价值的。

业余和专业人员之间的重要区别之一就是，后者有进步的能力。我再重申一下，一个国家的文学不是由几本优秀的书构成的，而是由一大批作品成就的，而这些作品只能出自职业作家之手。那些主要由业余作者产出文学作品的国家，与那些尽管生活困顿，很多人依然坚守写作职业的国家相比，其文学内涵是很浅薄的。作家的全部作品是其长期辛勤、坚定努力的结果。作者和其他人一样，通过不断尝试和接受错误的教训来取得进步。他早期的作品是尝试性的，他在尝试不同的题材和方法的同时，发展了自己的品格。同时，他发现自我——这是他在作品中要给予读者的，他要学会怎样最好地向读者展示这一发现。然后，随着他羽翼丰满，拥有足够的能力后，他就会尽己所能创作出最好的作品。由于写作是一个正当健康的职业，写完最好的作品之后，他可能还要继续生活很久，而此时，写作业已成为一种根深蒂固的习惯。毫无疑问，他仍会继续创作出一些无关紧要的作品。公众可能会理所当然地忽略掉这些作品。站在读者角度来看，作家一生中的作品中，重要的很少。（这里所说的“重要”，指的是能表达作家个性的那一小部分，并没有说这个词有绝对的价值。）但我认为，他只能通过长期的学徒训练和付出许多失败的代价才能创造出“重要”的作品。要做到这一点，他必须把文学当作他毕生的事业。他必须成为一位职业作家。

成功——职业作家最大的危险

我已经说了作家这一职业的缺点，现在我想谈谈它的危险性。

显然，没有一个职业作家可以做到在他想写作的时候就能写得出来。如果要等作家进入状态，也就是我们所说的灵感，他就会无限期地等下去，到最后只写出一点或者什么也写不出来。职业作家可以创造状态。他也有自己的灵感，但他通过有规律的写作时间，来控制灵感，并使其听从自己安排。但随着时间的流逝，写作就变成了一种习惯，就像退休后的老演员一样，已经习惯每晚时间一到就去剧院装扮演出，不然就会坐立不安。同样，作家一到他已经习惯了的写作时间，就会手痒，会渴望拿起纸笔投入写作。这样，他就会自动地开始创作，文思泉涌。虽然都是些老旧而空洞的思想，但通过他熟练的文笔，就可以把它们写成被读者接受的文章。在确定自己已经很好地完成了一天的工作后，他才去吃午饭或是去睡觉。艺术家的每一个作品都是他灵魂的一次历险。这是一个听上去完美却难以实行的建议，在这个不完美的世界里，应当给予职业作家一定的宽容。但的确，追求完美是作家应该保持的目标。他尽心尽力地写作，只是为了将自己的精神从因长时间思考而成为负担的主题中解脱出来。如果他明智的话，他会费心去写，只为他自己内心的平和。其实打破写作习惯最简单的方法，就是把写作环境变得不适合日常工作。除非你养成一种习惯，否则你就不会写好，也写不多（我冒昧地认为，除非你写得很多，不然你不会写好）。但写作习惯和生活习惯一样，只要它不再有益，只有破除它才会起到作用。

不幸的是，只有少数人不得不提防困扰职业作家的最大危险——成功，它是作家要应对的最困难的事情。经过漫长而艰苦的奋斗，他最终获得了成功，但他发现，成功又给他布了一个陷阱，一个使他卷入其中并毁灭他的陷阱。我们中很少有人会下定决心去规避这种危险。必须要对它加以小心。人们一般认为，成功毁掉一个人是通过使他虚荣、自负、自满，这一观点是错误的；恰恰相反，它多半会使人变得谦卑、宽容和友好。失败使人仇恨和残忍。成功可以改善人的性格，但并不能总是改善作家的性格。它可能会剥夺带给他成功的那股力量。他的个性是由他的经历、奋斗、挫败的希望以及努力适应一个充满敌意的世界而形成的。如果其个性没有被成功的软化影响力所改变的话，那它一定很顽固。

此外，成功本身就孕育着毁灭的种子，因为它可能切断作家与促使其成功的素材之间的联系。他进入了一个新的世界。他很受重视，如果他不被伟人对他的关注所迷惑，也不为美丽女人的注意所迷失，那么他肯定是个超人了。他逐渐习惯另一种生活方式，可能比他以前习惯的生活更为奢华。他逐渐习惯结交那些比他以前交往的更具有社交魅力的人。他们更具智慧，外表光彩迷人。但要依然在其熟悉的、为其提供了写作题材的圈子中自由活动，对他来说是多么困难。在他那些老伙伴的眼中，成功已经改变了他，和他相处，他们不再感到无拘无束。他们可能带着羡慕和钦佩的眼光来看他，但不再把他当作他们中的一员了。他的成功将他带入了一个新的世界，激发了他的想象力。但他是从局外看这个世界，永远无法穿透它，成为这个世界的一部分。就这而言，阿诺德·贝内特（Arnold Bennett）是再好不过的例子了。除了生他养他的五镇（Five Towns）之外，他对什么都不熟悉，只有他以五镇生活为原型创作时，其作品才有特色。当成功把他带入了文人、富人和美人的生活圈时，他试图写写他们，但他写出来的东西毫无价值。成功毁了他。

最好的回报

作家谨慎地对待成功才算明智。因为他成功了，他必须诚惶诚恐地看待其他人对他的要求，成功施加给他的责任，以及成功之后给他带来的一些妨碍性活动。成功只能带给他两件好事：其一，也是目前来说更重要的一点，就是遵循自己所好的自由；另一个就是提高对自己的信心。尽管作家心存自负，也容易虚荣，但在将自己的作品与他心目中的作品进行比较时，他还是免不了会忧虑不安。他心目中的作品与他能写出来的最好作品之间，仍有很大差距，所以，对他来说，最后这个作品不过是权宜之作。他可能会对这页或那页很满意，赞成某个情节或人物。我想，他对自己的作品整体上完全满意的时候一定很少。在作家的内心深处，一直怀疑其作品根本就不好，而对于公众的赞扬，尽管他更怀疑其价值，仍觉得是上天给他的一个安慰。

这就是为什么赞扬对他来说很重要。渴望得到赞扬，对他来说是个弱点，尽管这或许是可以被原谅的弱点。对于赞美和批评，艺术家应该淡漠待之，因为他只关注与自己有关系的作品，而作品是如何影响公众的，这是他要从物质上而不是精神层面关心的事情。艺术家为自己的灵魂得到解放而创作。创作就是他的天性，就像水会从山上顺流而下的天性一样。艺术家把他的作品称作其思想的结晶，将创作的痛苦比作分娩之痛，并非随便一说。作品就像某种有机物，不仅存活于艺术家的大脑中，还在其心脏、神经、内脏里发育，是其创造本能从他灵魂和身体的经历中发展而来，最后这种东西会变得令人难以忍受，必须想办法摆脱掉它。摆脱之后，他会享受到一种解脱感和一刻舒适安静的小憩。但与人类母亲不同，他很快就会对降生后的孩子失去兴趣。那不再是他的一部分。它已经满足了他，现在他的灵魂正准备迎接一场新的受孕。

在创作作品的过程中，作者已满足了自己。但这并不是说，他的作品对别人有任何价值。一本书的读者，一幅画的欣赏者，是不会考虑艺术家的感受的。艺术家已得到了释放，而外行人寻求的是交流，他自己就可以判断交流是否对他有价值。对于艺术家来说，他提供的交流是一种副产品。我现在说的不是那些练习艺术用于教学的人。他们是传授者，对他们来说，艺术仅是一个次要问题。艺术创作是一种特殊的活动并通过艺术本身得以满足。创作出来的艺术可能是好的或者是坏的。这是外行人来决定的事情。他主要看提供给他的作品是否具有交流的美学价值而形成决策意见。如果作品表现了对现实世界的逃避，他会欢迎它，但最多只能把它描述为一种次等艺术；如果它丰富了他的灵魂，开阔了他的个性，他就会恰当地把它称为伟大的艺术。但我坚持认为，这与艺术家无关。如果他因给人带来欢乐或者是更大的力量而高兴，这也是人之常情。但如果人们从他的作品中没有发现任何他们想要的东西，他也不应该见怪。从其创作本能的满足中，他已经得到了回报。现在这不是对完美的忠告，这是艺术家朝着自己的目标——无法实现的完美——努力的唯一条件。如果他是一个小说家，他会利用自己对人和不同地域的体验、对自己的理解、他的爱与恨、他深邃的思想和转瞬的幻想，在一部又一部的作品中描绘生活的画卷。它永远只会是一个局部的画面，但如果他幸运的话，他最终也会在其他事情上取得成功，他将描绘自己的一幅完整画卷。

无论如何，当你把目光投向出版商的广告时，如此一想也是一种安慰。当你阅读那些长长的书单，发现评论家吹捧他们的智慧、深奥、创意和美妙时，你的心就会失落。你难道希望和这么多的天才竞争吗？出版商会告诉你，一本小说的平均寿命是九十天。你很难让你自己接受这样一个事实，你把所有心思投入到这本书中，耗费了好几个月的辛苦工作，却仅花三四个小时就能读完，并很快就会被人抛诸脑后。虽然这对他来说没有什么好处，但还没有一位作家目光狭隘到不悄悄希望他作品的某些部分可以影响一代或者两代人。相信身后的声誉，对作家来说一种无害的虚荣，往往使艺术家接受他一生中的挫败和失望。当我们回顾那些二十年前似乎肯定会不朽的作家时，我们意识到他们要获得那种不朽是多么不可能。他们的读者现在在哪里？随着大量新书籍不断推出，以及与那些还在世的作家不断竞争，曾经被遗忘的作品再次被人们记起的可能性是多么微乎其微！关于后辈，有一件非常奇怪又让有些人觉得非常不公的事情，他们似乎只选择关注那些一生中都受到欢迎的作家的作品。只能取悦小众而忽略大众的作家将永远难以受到后辈的欢迎，因为后人不会听到他们的名字。流行程度足以证明他们没有价值，流行作家懂得这些，对他们来说还算一种安慰。莎士比亚、司各特和巴尔扎克可能不是为了切尔西（Chelsea）那些名气不大的哲人而写作，而是为了后代而写作。作家只有在自己的作品中得到满足才能感到安全。如果他能够意识到，从他的作品带给他的灵魂的解放中，从塑造灵魂的愉快中，在一定程度上至少可以满足他的审美意识，他也就获得了回报，并且不需要关心结果了。

作家职业的不利和危害都会因为一个优点而得到补偿，这一优点使作家所有的困难、失望，也许还有艰苦，显得都不重要了。它赋予了作家精神上的自由。对他而言，生活是一部悲剧，通过他的创作天赋，他享受着艺术的净化与宣泄，借以清除遗憾和恐惧，正如亚里士多德（Aristotle）告诉我们的，这就是艺术的目的。他的罪孽和愚蠢，降临其身上的不幸，他的单相思、身体的缺陷、疾病、贫困，他幻灭的希望，他的悲伤、耻辱，这一切的一切都通过他的力量转化为素材，进而写进作品，他也就获得了解脱。从街头对路人的一瞥到震惊文明世界的战争，从玫瑰的芬芳到朋友的离世，每件事都如他磨坊里的谷物，都是等他加工的素材。对于他自身的经历，他既能将其变成一节诗，也能变成一首歌或一个故事，写完了，这些事就与他再无瓜葛。艺术家是唯一的自由人。

也许，这就是为什么整个世界对艺术家有着众所周知的深深怀疑。当他对人类平常的冲动做出如此莫名其妙的反应时，我们就不确定他是否可信了。事实上，令人愤慨的是，艺术家从未感受到自己受到过通常规则的约束。他为什么要这么想呢？对于一般人来说，思想和行动的主要目的就是满足他的需要并维持生存，但艺术家则通过对艺术的追求来满足需要，维持生存。别人的娱乐消遣对他来说是认真的正事，因此艺术家对生活的态度永远不会与其他人一样。他创造了自己的价值。人们认为他愤世嫉俗，是因为他不看重美德，对于普通人厌恶的罪恶也并无反感。艺术家并不是愤世嫉俗，只是一般人所谓的美德和恶习并不是他特别感兴趣的事情。这些都是世间万物中无关紧要的因素，而作家则从中构建自己的自由。当然，普通人对他愤愤不平是没错的，但这对他没有任何作用，他已经无可救药了。

创作《人性的枷锁》

当我作为剧作家取得成功后，我决定将余生都投入到剧作中，但这个决定我做得有点儿草率了。我快乐过、成功过、忙过，我的脑袋里曾装满我想写的剧本。我不知道是否是成功没有带给我所期望的一切，或者是否是对成功的自然反应，作为受欢迎的剧作家，我刚刚稳固了自己的地位，却开始为记忆中往昔的生活点滴而困苦不已。失去母亲，家庭破裂，在学校前几年的悲惨遭遇——因为童年在法国，没有为上学做好充分准备，口吃也使我这段生活过得艰难；在海德堡，我初涉知性生活时度过的那段安逸、单调而又令人兴奋的时光；在医院那几年的讨厌生活以及伦敦带给我的兴奋激动——所有这些记忆统统都回到了我身边。它们在我的睡梦中，在我的散步里，无论我排练戏剧还是参加派对，它们似乎无时不在，这给我造成了很大负担，压得我只能以小说的形式把它们写出来，才能重新平静下来。我知道这将是一部很长的作品，我不想受到干扰，所以我拒绝匆忙与经理人签合同，并暂时退出了戏剧舞台。

在拿到医学学位去塞尔维亚时，我已写了一本相同主题的小说。我想这本书值一百英镑，幸运的是，费希尔·昂温拒绝了这本书，也没有其他愿意出价买它的出版商。否则，我应该已经失去了一个由于我当时太年轻而没能很好处理的主题。手稿尚存，但我纠正完打印稿后就没重新看过它，我心里清楚它还很不成熟。我离我所描述的事件不够远，不能理性地看待它们，我也没有太多的经历，使我最终写的这本书更丰满。在我看来，如果第一部小说的创作最终并没有把那些有关的不愉快记忆压入我的潜意识里，那是因为作家直到其作品发表之后才会从他的主题中解脱出来。当把作品交付给公众时，无论公众反响如何，那都不再是他的了，作家也就不再受其负担的压迫了。我给此书命名为《灰烬其华》（*Beauty from Ashes*），此名出自《以赛亚书》（*Isaiah*），但我发现这个标题最近被人使用过，于是我就从斯宾诺莎（Spinoza）的《伦理学》（*Ethics*）那几本书中选取了一个替代，将其命名为《人性的枷锁》（*Of Human Bondage*）。此书不是一本自传，而是一本自传体小说。事实和虚构交织结合在一起，情感是我自己的，但并非所有的事件都和实际发生的相关，小说中主人公身上发生的一些故事的原型，并不是我自己的生活经历，而是源自我身边熟悉的人。这本书实现了我的愿望，当它发行面世时（一个处于可怕战争阵痛中的世界，太多关注自己的苦难，以至于忽略了小说中人物的冒险），我发现自己永远地从那些痛苦、不快的回忆中解脱了。我把那时我所知道的一切都写了进去，最终完书时，我也为开启新的篇章做好了准备。

小说的形式

我总喜欢让事情在我的脑海里慢慢酝酿，然后再付诸纸上，就一直这样做记录，直到四年后，我才写下我在南太平洋（South Seas）期间就构思好了的第一个故事。我已经很多年没写过短篇小说了，我通过写短篇小说开始了我的文学生涯，而我的第三本书则是六个短篇小说的合集。它们的反响不太好。之后我偶尔试着为杂志写故事。我的经纪人敦促我写得幽默一些，但我并不擅长这样写，我的文章冷酷、愤慨或者是讽刺。我想努力满足编辑的想法并借此赚点钱，但这种努力却很少成功。我现在写的第一个故事叫作《雨》（*Rain*），它看起来好像应该没有比我年轻时写的那些书更幸运，因为一个又一个的编辑拒绝了它。但我不介意，我继续写。当我写完六篇时，所有这些短篇小说最终都在杂志上发表了，我把它们出成了一本书。它们的成功令人愉快，同时也令人意外。我喜欢这种形式。与我想象中的人一起生活两三个星期，然后与他们一起完成一个作品，这真的很令人愉悦。在写长篇小说的过程中，作家要和笔下那些人物朝夕相处好几个月，所以很容易对他们感到厌倦，而写短篇小说时，你就没有时间感到厌倦了。这种故事，每篇大约有一万二千字，虽然给了我充足的空间来发展我的主题，但我不得不写得简洁些，而我剧作家的写作历练，使我能轻松自如地应付。

当英国和美国的优秀作家们受到契诃夫的影响时，我开始认真地写短篇小说，这对我来说是不利的。文学世界在某种程度上是缺乏平衡的，当一种潮流出现时，它不被看作是一种短暂的时尚，而是作为天堂的第一定律。那时有一种很盛行的观念认为，任何有艺术倾向并想写短篇小说的人都必须按照契诃夫那样的风格去写。一些作家将俄式的忧郁、神秘主义、软弱无能、绝望、徒劳无益和意志薄弱移植到萨里（Surrey）或者密歇根（Michigan），布鲁克林（Brooklyn）或克拉珀姆（Clapham），并为自己赢得了很高的声誉。必须承认，契诃夫不难模仿。我对此是深有体会的，有数十名俄罗斯难民在这方面就做得很好。我深有体会是因为他们把自己写的故事寄给我，以便我可以纠正其中的英文，而当我无法为他们从美国杂志获取大量金钱时，他们竟然对我生气了。契诃夫是一位非常优秀的短篇小说作家，但他有自己的局限性，他非常明智地将这种局限性作为自己艺术的基础。他没有设计一个紧凑而具有戏剧性故事的天赋，这样的故事你可以在晚餐桌上生动地讲述，如《遗产》（*L'héritage*）或者是《项链》（*La Parure*）。作为一个人，他的性情好像是愉快而实在的，但作为一个作家，他具有忧郁愁苦的气质，这使他厌恶并远离暴力的行动和有生气的事物。他的心情，常常很痛苦，是一个男人的愤怒反应，是他战栗的感伤又被撒盐加深时的愤怒反应。人生对他来说很乏味。他的人物并没有鲜明的个性。他似乎并没有像其他人那样对他们很感兴趣。也许这就是为什么他能够让你觉得其笔下的人物彼此重叠，生疏地摸索着相互融合，以及对生命的神秘和徒劳的感觉，这些都赋予了他独特的品质。这种品质他的后继者们已经无从记起了。

我不知道自己是否能模仿契诃夫的手法写故事。我并不想这样。我想把故事的结构写得更紧凑，从开始到结尾，故事都是沿着一条连贯的主线发展。我将短篇小说视为对一个单一事件在物质上或精神上的叙述，通过去除阐述故事时不必要的一切，最终形成一个富于戏剧性的整体。我不担心技术上所谓的“关键点”的东西。在我看来，只有当它不符合逻辑时才应该受到谴责，而且我认为对其谴责质疑都是因为作家仅为追求其效果，没有考虑故事发展是否符合情理。简而言之，我更倾向于用一个句号来结束我的短篇小说而不是几个省略号。

我想应该是这一点，使它们在法国比在英国更受欢迎。我们伟大的长篇小说并无定型且略显笨拙，但它却使英国人感到满足，使他们沉迷于这些巨大、混乱而私密的作品之中。而这种松散的结构，杂乱拼凑的故事，与主题不大有关系的奇怪人物来来去去，这些都给英国人带来了一种特殊的现实感。然而，正是这一点让法国人感到一种强烈的不适。亨利·詹姆斯对英国人关于小说形式的批评，引起了他们的兴趣，但对他们的作品几乎没有影响。事实上，英国人对形式持怀疑态度。他们发现形式有点沉闷僵硬，它所造成的约束也使他们心生厌烦。他们觉得，当作家有意为他的素材设定一个框架时，那么其作品的活力就会滑落于其指缝间。法国评论家要求一部小说应该有一个开头、一个中间和一个结尾，及一个明确发展到合乎逻辑结论的主题，它应该说明所有待解决问题的关键。从我很早就熟悉莫泊桑，从我作为戏剧家受到的训练，也许从个人的特质上来看，我已经可以获得一种令法国人满意的形式感。不管怎样，他们觉得我既不多愁善感也不冗长啰唆。

如何从生活中提取原型

生活很少为作家提供现成的故事。事实实际上往往非常乏味。基于事实的联想可以激发作家的想象力，但也容易使其成为权威，这对创作只会是有害而无益的。在《红与黑》中可以找到这种情形的经典事例。《红与黑》是一部非常伟大的小说，但人们一般都认为其结局并不令人满意。原因不难发现。司汤达从一个当时引起轰动的事件中得到了创作灵感：一位年轻的神学院学生杀死了一个对他不满的女人，接受审判后被送上了断头台。但司汤达在他的主人公于连·索雷尔身上，融入了大量的自我，而且不仅仅是他自己，还加入了他想成为却不幸地意识到自己并未成为的样子。他创造了一个最有趣的小说人物之一，并且他用全书四分之三的篇幅，让于连的行为看起来具有连贯性和真实性。但随后他发现自己被迫又回到了曾激发他灵感的事实中。他只能通过使小说主人公的行为与其性格和智力不协调来做到这一点。这样的反差会令人非常震撼，以至于你不再对其信以为真，而当你不相信一部小说时，你就不再被它吸引了。其中的教训是，如果这些事实与你小说中的人物逻辑相悖，你必须有勇气把它们抛弃。我不知道司汤达本应该如何写小说结尾。但我认为，找到一个比他所选的更令人扫兴的结尾，恐怕会很难。

我被指责是因为我基于现实中的人来塑造我的人物，从我所读过的评论中，人们可能会认为，没有人曾经这样做过。这根本说不通。其实这是一种普遍的现象。从文学初始，作家就拥有他们进行创作的生活原型。我相信，学者们发现了佩特罗尼乌斯（Petronius）笔下的特里马乔（Trimalchio）的原型是一位富裕的贪吃者，还有莎士比亚的学生也发现了《亨利四世》中贾斯迪斯·沙洛先生（Mr. Justice Shallow）的原型。非常善良、正直的司各特在一本书中把父亲描绘得尖酸刻薄，而在另一本书中，由于岁月已经磨去了他的粗糙，父亲的形象则令人愉快。司汤达在他的一份手稿中写下了那些带给他创作灵感的人物的名字。我们都知道，狄更斯的《大卫·科波菲尔》（*David Copperfield*）中的米考伯先生（Mr. Micawber）身上有其父亲的影子，而《荒凉山庄》（*Bleak House*）中哈罗德·斯基波（Harold Skimpole）的身上，人们则可以看到利·亨特（Leigh Hunt）的影子。屠格涅夫（Turgenev）表示他根本无法创造出一个人物，除非从一开始，他的想象力就基于一个活生生的人。我怀疑那些否认他们利用真实的人物作为创作原型的作家欺骗了自己（这并非不可能，因为你无须太聪明就可以成为一个非常好的小说家），或者说是欺骗了我们。当他们说实话并且事实上心中并没有特定的原型时，我想，人们会发现，他们创造的角色应该归功于他们的记忆，而不是其创作本能。有多少次我们遇到了换了名字和装扮的达达尼昂（d'Artagnan）、普劳迪夫人（Mrs. Proudie）、阿奇迪肯·格兰特里（Archdeacon Grantley）、简·爱（Jane Eyre）和杰罗姆·科尼亚德（Jerome Coignard）！我应该说，从现实生活模型中塑造人物的做法不仅是普遍的，而且是必要的。我不明白为什么会有作家对此感到羞于启齿。正如屠格涅夫所说的，只有你心中有一个明确的人，你才能为自己的作品赋予活力和特质。

我坚持认为这也是创造。我们甚至对我们最熟悉的人都知之甚少。我们对他们的了解并不足以把他们写到书里，将其塑造成作品中的人物。人太难以捉摸，太朦胧，而无法复制，他们前后不一，过于矛盾。作家不会复制他的创作原型，他从他们身上取其创作所需，引起他注意的某些特征，激发他想象力的思维转向，以此构建、塑造他作品中的人物。他并不担心这是否与原型相似，他只关心能否在其作品中营造出一种可信的和谐，以利于其创作目的。塑造出来的人物可能与原型有很大不同，作家们都会有这样的经历：他们被指责描述了某个人的真实形象，然而这却与他们心中真正所想的大不相同。此外，作家是否选择与他关系密切的人作为其作品的人物原型也纯属偶然。对作家而言，其创作的人物原型通常会是他在茶馆里瞥见的人，或者在船上的吸烟室与之聊了一刻钟的人。他所需要的只是那个薄薄的却肥沃的土层，然后通过他的生活阅历，以及他对人性的了解和天生的直觉，在其上面培育出新的作品。

如果不是作家所塑造的人物在现实生活中的那些原型比较敏感，整个事情将会是一帆风顺的。人类是如此自负自大，以至于哪怕是和作家仅有一面之缘，人们也要不断地在其作品中找寻自己的影子，如果他们能够让自己相信作品中的某个人物是以自己为原型的，那么要是作家将其描绘得有任何的不完美，他们都会觉得自己是受到了莫大的侮辱。虽然他们可以随便地对朋友吹毛求疵，嘲笑他们的荒谬，但他们却十分虚荣，以至于他们无法相信自己也有错误过失，也会荒唐犯傻。他们的朋友们心怀一种并非善意的不平，对其受到的侮辱做出虚假的同情，这使整个事情变得更加糟糕。当然，这一切也有很多不实之处。我想，我不是唯一受到女性诽谤的作家，她们声称我和她们待在一起，把她们写进作品是滥用了她们的热情好客。但事实上，我不仅没和她们待在一起过，甚至不认识，也没听说过她们。这些可怜的邋遢女人是何等虚荣，生活是多么空虚，她们故意把自己认作是书中某个令人讨厌的角色，这样她们就会在某个小圈子里，为自己赢得一点微不足道的“名声”。

有时，作家会选择一个非常普通的人为原型，把他塑造成一个高尚、自律和勇敢的角色。在那个人身上，作家看到了与此人一起生活的人没有注意到的某种重要意义。但奇怪的是，人物的原型却变得难以识别了。只有当你塑造一些有缺点过失或者荒谬的人物时，他们才能立马被人识别出来。由此，我不得不得出这样一个结论：我们都是通过缺点而不是优点来认识、了解我们的朋友。作家很少愿意去冒犯别人，他总是尽己所能地去保护自己的创作原型。他把自己塑造的人物放在不同的位置，给他们另一种谋生手段，也许还处在不同的阶层，他们无法轻易做到的就是改变他们的外表。一个人的体貌特征会影响他的性格，反之亦然，他的性格也会通过其外表显示出来，至少大体上是这样。你无法把一个很高的人写得很矮，而在其他的方面保持不变。一个人的身高使他对他周围的环境有不同的视野，从而改变了他的性格。你也无法把一个娇小的黑发美女写成一个高大的金发女郎而不露一点破绽。你必须保持他们的本来面目，否则你将会失去那些触动你想以其为原型进行创作的东西。但是，没有人有权从一本书中举出某个角色并表示，“这写的就是我”。他所能说的就是，“我为作家塑造这个人物提供了灵感”。如果他还有常识的话，他会对其感兴趣而不是懊恼。而作家的创造力和直觉可能会使他想到一些与自己有关的事情，这对他而言是有益的。

关于技巧

我对自己的文学地位并不抱幻想。在我的国家，只有两位重要的评论家会严肃认真地对待我的作品，而那些聪明的年轻人在写关于当代小说的评论文章时，他们从未想过要考虑到我。但我并不为此生气。这种情况很正常。我从未做过什么宣传。在过去的三十年里，读者群的数量大大增加，并且有大量无知的人不需要使用过多脑力就可以获得知识。他们认为，阅读小说就是在学习一些东西，因为小说中的人物会对当下的热点话题进行讨论，发表自己的观点。在小说的这里那里再点缀一点谈情说爱的桥段，会使他们所学到的知识信息足以满足他们的口味。小说被认为是传播思想的便利讲坛，许多小说家也都愿意将自己视为思想的引领者。他们所写的小说，更多的是一种纪实文学而非完全虚构的。它们具有新闻价值。其不足之处在于，过几天它们就会像上周的报纸一样没有什么可读性了。但是，如此巨大的新型读者群对知识的需求，催生了大量的书籍出版，这些书都是公众比较欢迎的类别，比如科学、教育、社会福利以及一些我不太了解的方面。这些书中的语言都不是很专业，易于公众阅读。这些书都取得了巨大的成功，把那些宣传式的小说挤出了市场。但很明显，随着此类小说的流行，它们似乎比人物小说或历险小说更有意义，并且为人们提供了一个更好的话语主题。

从那时起，那些聪明的评论家和更为严肃的小说读者，就把大部分注意力放在那些在写作技巧上有所创新的作家身上。这是可以理解的，因为小说家们在作品中展现出来的新奇独特给那些陈旧素材注入了些许新鲜活力，而且可以引发对此的诸多讨论。

人们如此多地关注这些事情，似乎很奇怪。通过小说中某个角色的感知，以观察者的视角进行叙事，这种方法是亨利·詹姆斯设计并发展到一种很完美的程度的。这是一种巧妙的回避手法，营造了其小说中追求的戏剧性效果，这种逼真的体验要归功于那些深受法国自然主义影响的作家，这种方法也为那些采用“全视全智”（all-seeing and all-wise）手法进行叙事的小说家解决了某些困难。这种方法中的观察者所不知道的东西通常可以继续保持其神秘。然而，它只是一种自传形式的些微改变，自传也有许多与此相同的优点，而把这种方法说成是一个伟大的美学发现，好像有点荒谬。在其他一些写作实验中，最重要的就是对思维流（stream of thought）的运用。作家一直被那些具有情感价值和不难理解的哲学家所吸引。叔本华（Schopenhauer）、尼采（Nietzsche）和柏格森（Bergson）依次吸引着他们。心理分析不可避免地会正中他们的口味。这对小说家来说有很大的可能。他知道，他创作过的最好作品，很大程度上要归功于自己的潜意识，而通过其塑造的人物潜意识里的想象，试着对人物进行更为深入的探索，确实很诱人。心理分析是一个聪明而有趣的手法，但是仅此而已。如果作家不是为了特定目的（比如为了讽刺、更有戏剧性，或是为了解释说明）将其作为偶然使用的方法，而是使其成为作品的基础，这就显得有点乏味了。我想，心理分析或者是其他类似手法中的有益部分，会被吸收到小说创作的普遍技法当中，但介绍它们的那些作品很快就会让人觉得乏味。那些对写作实验好奇的人似乎并没有注意到，在使用这些技法写的书中，作者探讨的那些问题都是极其琐碎的。看起来，这些书的作者似乎是不安地意识到了自己的空虚，才不得不去尝试这些写作技法。他们费尽才智所描述的人物，本质上是无趣的，讨论的主要问题也无关紧要。这点是预料之中的。因为艺术家只有在对其创作的主题没有多少兴趣时，才会被创作技法所吸引。当他沉迷于自己的创作主题时，他没有太多精力去考虑作品在表达上的巧妙性。因此，十七世纪的作家们，被文艺复兴搞得心力交瘁，还有国王的暴政和教会的统治，这些都使作家们无法专注于思考人生中的重大问题。他们的思想便转向了贡戈拉主义、浮华的文风以及诸如此类的东西。近年来，人们对艺术领域各种形式的技法实验的兴趣表明，我们的文明可能正在走向崩溃。在十九世纪看起来很重要的主题也已失去了趣味，艺术家们还没有看到有哪些重大事件将会影响到下一代人，而这一代人将会创造一种新的文明，将取代我们自己的文明。

关于情节

文学界不是特别看重我的作品，我认为这很自然。在戏剧中，我发现自己身处传统模式比较自在。作为一名小说作家，我能穿越无数世代，追溯到故事的讲述者，他们在新石器时代人类藏身的洞穴中围火而坐。我要讲一些故事，而且我有兴趣来讲述它们。对我而言，故事本身就是一个很充分的主题目标。不幸的是，很长一段时间以来，故事被知识分子所鄙视。我曾阅读过很多关于小说艺术的书籍，它们都认为情节没有什么价值。（顺便说一下，我想说，我无法理解一些聪明的理论家在故事和情节之间所划分出的明显界限。情节仅仅是故事安排的模式。）从这些书中，你会断定，情节只是对聪明的作者的一种阻碍，是对公众愚蠢要求的让步。事实上，有时候你可能会认为最好的小说家是散文家，唯一完美的短篇小说是由查尔斯·兰姆和赫兹里特写的。

但是，听故事的快乐与人性一样自然，与欣赏舞蹈和观看作为戏剧前身的哑剧时感受到的快乐是一样的。侦探小说的流行表明这一点并没有被削弱。最有才智的人们读侦探小说，当然，是抱着屈尊的态度，但他们还是读了。如果不是因为他们心中认可的心理小说、教育小说、心理分析小说不能满足他们这种特殊的需求，他们为何要去读呢？有许多聪明的作家，他们头脑中都有各种各样可以讲述的好东西，并且有天赋创造活灵活现的人物，但他们创造好了这些人物，却不知道究竟要怎么处理他们。他们没法构思出一个可信的故事。就像所有作家一样（在所有作家身上都存在某种程度的欺骗），他们把自己的局限性当作优点，或者告诉读者他可以自己想象会发生什么，或者斥责他好奇心太重。他们声称，生活中的故事不会结束，情景也并没有圆满，松散的结局也还是悬而未决。事实并非总是如此，因为至少死亡结束了我们所有的故事。但就算这是真的，它也不是一个好的论据。

小说家声称自己是艺术家，而艺术家并不复制生活，他会根据自己的目的，对生活做出安排。就像画家用他的画笔和他的色彩来思考一样，小说家用他的故事进行思考。虽然他可能没有意识到，他对生活的看法，还有他的个性，都是作为一系列人类行为而存在的。当你回顾过去的艺术时，你一定会注意到艺术家很少赋予现实主义太多的价值。总的来说，他们把大自然作为一种形式上的装饰，在想象力无比丰富，驰骋得太远，需要回归现实的时候，他们时不时地会直接地复制自然。在绘画和雕塑中，甚至可以说，与现实非常接近往往宣告了某一流派的衰落。在菲狄亚斯（Phidias）的雕塑中，你已经看到了《望楼上的阿波罗》（*Apollo Belvedere*）的单调沉闷，而在拉斐尔（Raphael）的《波尔塞纳的奇迹》（*Miracle at Bolsano*）中，也看到了布格罗（Bouguereau）的乏味无趣。艺术只有通过强加于自然一种新规约才能获得新的活力。

但那只是顺便一提而已。

读者自然希望知道，引发其兴趣的人会发生什么，而情节就是你用来满足这种欲望的手段。构思一个好的故事显然并不容易，但其困难性并不能成为对其轻视的理由。好的故事应该具备主题需要的连贯性和充分的可能性。它应该自然地表现人物性格的发展，这是当今小说的主要关注点。它应该具有完整性，以便在情节最终展开时，不再有人对故事中的人物提出疑问。它应该像亚里士多德的悲剧一样有开端、发展和结尾。情节的主要用途似乎是许多人没有注意到的。这是引导读者兴趣的一条线索。这可能是小说中最重要的东西了，作者通过兴趣的导引，使读者从一页翻到另一页，也是通过兴趣的导引，使读者产生了作者所期待的情绪。作者总是采用一些似乎不太正当的手段，但他绝不能让读者察觉到自己这样做了。并且通过操纵故事的情节，他可以吸引读者的注意力，这样读者就不会察觉到他的“暴行”。我不是在写关于小说的专业论文，所以我不需要列举小说家用来达到这一目标所使用的手段。但这种对读者兴趣的引导有怎样的效果，对它的疏忽有怎样的害处，在简·奥斯汀（Jane Austen）的作品《理智与情感》（*Sense and Sensibility*）和福楼拜的作品《情感教育》（*L'éducation Sentimentale*）中得到了很好的体现。奥斯汀如此坚定地沿着简单的故事路线引导读者，她不会停下来想想，埃莉诺（Elinor）其实是一个自命不凡的人，玛丽安（Marianne）

就是一个傻瓜，而那三个人是毫无生气的假人。福楼拜的目标在于严格的客观性，所以他很少去引导读者的兴趣，他甚至对各种角色的命运完全无动于衷。这使他的小说很难阅读。我想不出还有哪位作家有着如此多的优点，却给人留下如此模糊的印象。

/第六讲/

旅行的意义

旅行的意义

我全然拥有知识分子的那份傲慢，假如像我希望的那样，我能抛下它，也并非由于我自身的德行或是智慧，只是因为我比其他大部分作家有更多的旅行机会。我很喜欢英国，但在那里我从来没有感到过安适自在。面对英国人，我总是很害羞。对我来说，英国是一个我不想对其履行义务的国家，但同时又得对其负有责任，这使我感到烦恼。直到我和祖国之间至少隔了一道英吉利海峡后，我才完全地感到自在。有些幸运的人在自己的思想中找到了自由。与他们相比，我的精神力量相对较弱，但我却在旅行中找到了自由。当我还在海德堡的时候，我设法参观了德国的许多地方——在慕尼黑，我看到易卜生在马克西米连纳霍夫（Maximilianerhof）喝啤酒，脸上挂着不悦的表情看着报纸。我还去过瑞士，但我第一次真正的旅行是去意大利，去那的主要原因是我读了很多沃尔特·佩特、拉斯金（Ruskin）和约翰·阿丁顿·西蒙兹（John Addington Symonds）的书。

当时我有六个星期的复活节假期，口袋里还有二十英镑。我去了热那亚（Genoa）和比萨（Pisa），在那里我长途跋涉，只为了在雪莱曾读过索福克勒斯（Sophocles）并写下关于吉他的诗句的那个松林里坐一会儿。之后我在佛罗伦萨待了一个月，住在一位寡妇的家里。我和她的女儿读了《炼狱篇》（*The Purgatorio*），我们手里拿着拉斯金的书，奔波数日，游览各处名胜。我欣赏拉斯金让我欣赏的一切[①]，厌恶地转身离开一切他所谴责的东西。他从未有过比我更热情的门徒。之后我去了威尼斯、维罗纳和米兰。回到英国后，我对自己非常满意，对任何不同意我（和拉斯金）对波提切利（Botticelli）和贝里尼（Bellini）的看法的人，我都非常鄙视。当时的我二十岁。

一年后，我又去了意大利，远至那不勒斯，发现了卡普里岛。这是我所见过的最迷人的地方，第二年夏天我在那里度过了整个假期。卡普里岛当时鲜为人知，从海滩到镇上还没有缆车。夏天去那里的人很少，你可以在那里吃住，那里提供酒水，住在卧室窗口可以看到维苏威火山（Vesuvius）的房间，一天只需要四个先令。当时那里有一位诗人、一位比利时作曲家、我海德堡的朋友布朗、几位画家、一位雕塑家哈佛·托马斯（Harvard Thomas）和一位曾在南北战争中为南方作战的美国上校。在上校位于阿纳卡普里（Anacapri）的家，又或者是广场旁边的莫尔加诺酒馆（Morgano's），我难掩激动地听着他们谈论艺术和美、文学和罗马史。我看到两个男人在互相

① 甚至是乔托（Giotto）那座恐怖的钟塔。

进行言语攻击，因为他们对埃雷迪亚（Heredia）十四行诗的诗性价值产生了分歧。我觉得这种感觉很棒。艺术，为了艺术而艺术，是世界上唯一重要的东西。只有艺术家才能给这个荒谬的世界赋予意义。政治、商业、学识渊博的职业——从绝对的观点来看，它们算得了什么？我的这些朋友（绝对，绝对是每一个朋友）或许会对一首十四行诗的价值，或者是一块希腊浅浮雕的精美（希腊，胡说八道！我告诉你这其实是罗马的复制品，我敢保证）意见相左，但是他们都同意一点，这些艺术作品都燃烧着像宝石一样耀眼的火焰。我太过于害羞，不敢告诉他们我已经完成了一本小说，另一本小说也已经完成了一半。我也同样燃烧着像宝石一样耀眼的火焰，但是他们会把我当作一个只关心解剖尸体、一个会趁他人毫无防备时塞给他最好的朋友一剂灌肠药的庸人市侩。这对我来说，是一种极大的羞辱。

学门外语很重要

当时我已经出版了一本小说，并取得了意想不到的成功，我想，自己的前途已定。于是为了成为作家，我放弃医学，去了西班牙。那时我二十三岁。在我看来，和如今这个年龄段的年轻人相比，我要无知得多。我在塞维利亚（Seville）定居下来。我留起了小胡子，抽着菲律宾雪茄，学会了吉他，我还买了一顶平顶宽边的帽子，戴着它昂首阔步地走在蛇街（Sierpes）上。我渴望买一件飘逸的披风，里面衬着红绿相间的天鹅绒，但由于价钱太贵，我没有买。我骑着一匹朋友借给我的马在乡间四处游荡。生活太愉快了，以至于我不能把全部注意力都放在文学上。我的计划是在那儿待一年，直到我学会西班牙语。然后为了完善我对意大利的肤浅的知识，我决定去罗马，那个我只在旅行中了解过的城市；接着再去希腊，并通过学习当地的方言来了解古希腊；最后我打算去开罗学习阿拉伯语。这是一个雄心勃勃的计划，但我现在很高兴我没有执行它。我按计划去了罗马（在那里完成了我的第一个剧本），但后来，我又回到了西班牙。因为发生了一件我没有预料到的事：我爱上了塞维利亚，也爱上了那里的生活。顺便说一句，我还爱上了那里的一个年轻人，其有着绿色的眼睛、怡人的微笑（但我还是克制了那份爱），我无法抗拒这个城市的诱惑。我年复一年地回到那里，漫步在洁白、寂静的街道上，沿着瓜达尔基维尔河（Guadalquivir）散步，在大教堂里闲逛。我去看斗牛，去和那些漂亮的小姑娘调情，她们对我的要求不会超过我那微薄财产所能满足的程度。在如花般的青春年华，生活在塞维利亚就像在天堂一样。我把自己的教育推迟到一个更合适的时间。结果是，除了英文版，我从来没有读过其他语言版本的《奥德赛》（*Odyssey*），我也没有实现我读阿拉伯语版本《一千零一夜》的雄心壮志。

当知识分子开始研究俄罗斯时，我想起加图（Cato）八十岁时才开始学希腊语，于是我开始学习俄语，但那时我已失去了年轻时的热情，我的俄语从没超过能读懂契诃夫戏剧的程度，我早就忘记了我所知道的那点东西。我现在觉得我的这些计划有点荒谬。语言并不重要，重要的是它们的意义，我懂六种语言并没有给我带来什么精神上的优势。我遇到过精通多种语言的人，并没有发现他们比其他人更聪明。如果你在一个国家旅行，同时对它的语言有足够的了解，那就很方便，因为你可以找到自己想去的地方和想吃的东西。此外，如果这个国家有大量文学作品，阅读也是一种乐事。但是这样的知识很容易获得。试图学习更多语言是徒劳的。除非你倾尽毕生精力，否则你永远无法完美地学会说另一个国家的语言，你永远无法完全了解那个国家的人民和文学。因为他们以及他们表达自己的文学作品，不仅由他们的行为和语言锻造而成（这两者的学习并不太困难），更重要的是还有其祖先的智慧基因、与生俱来的微妙情感和内在态度，这些都是外国人永远也无法完全掌握的。对我们来说，了解自己的人民已经够困难的了。如果我们，特别是英国人，认为自己能了解其他国家的人，我们就是在自欺欺人。由于四面环海的岛屿将我们彼此分隔，作为纽带的共同信仰曾经缓和了其岛国性质，但这种纽带又由于宗教改革突然中断。费尽心思去学习一种并不能深入了解的知识似乎没有半点价值。因此我那时认为，学习一门一知半解的外语不过是浪费时间。在我看来唯一的例外是法语。因为法语是知识分子的通用语言，所以说一口流利的法语来应对可能会遇到的学科问题是非常方便的。不仅如此，法国还有很多文学巨作。除了英国外，其他国家尽管都有伟大的作家，却没有伟大的文学作品。同时在过去的二十年里，法国对世界其他地区的影响也相当深远。能像使用母语一样熟练地使用法语自然很好；然而，你能把法语说得好到什么程度是有限度的。在练习法语时，最好对一个能说一口流利法语的英国人保持警惕。因为他要么是外交部门的专使，要么就是一个偷牌嗜赌的骗子。

当我厌倦了生活

我厌倦了。我不仅厌倦了人，也厌倦了长久盘踞在我心中的思想。我厌倦了与我一起生活的人，也厌倦我所过的生活。我觉得，我已经从自己所处的这个世界中，得到了我所能得到的东西：作为剧作家的成功以及由此带来的奢华生活；社交活动，名人宅邸中的盛大晚宴，乡间别墅的盛装舞会和周末聚会；与那些聪敏颖慧的人，以及作家、画家和演员的交往；曾经拥有的爱情以及朋友的自在陪伴；生活的舒适和安逸。这一切令我感到窒息，我渴望一种不同的生存方式和全新的体验。但我不知道在哪里能找到它们。我想到了旅行，我厌倦了之前的我，通过长途旅行到一个遥远的国度，我想或许会发现一个全新的自己。当时人们旅行时想得比较多的是俄罗斯，我寻思着去那里待上一年，学习我已经初步了解了的语言，让自己沉浸在那个广袤国度的情感和神秘之中。我想，也许在那儿，我能找到一些滋养和丰富我精神的东西。我当时四十岁。如果我打算结婚生子，那么应该到时候了。有一段时间，我曾自娱自乐地想象着我结婚后的画面。不过，没有碰到我特别想与之结婚的女人。只不过是那种结婚的状态吸引了我。这似乎是我设计的生活模式中的必要主题，在我天真的幻想中（尽管我不再年轻，自以为看透世界，但我仍然在很多方面都有着不可思议的天真），婚姻能使人安稳平静，这种平静不受爱情干扰，可能爱情在一开始比较随意，但是却会带来一连串的麻烦（因为爱情需要两个人，男人的蜜糖往往是一个女人的毒药）。这样的平静使我能够写出我想写的东西，而不会浪费宝贵的时间，思绪也不会受到打扰。我因此而得到的不仅仅是平静，还有一种安稳和有尊严的生活方式。我渴望自由，并且觉得我可以在婚姻中找到自由。当我还在写《人性的枷锁》时就有了这些想法，并和其他作家一样，将我的愿望写进了小说，在小说的最后，我描绘了我喜欢的婚姻愿景。读者们大都认为这是我的书中最令人不满意的部分。

我的不确定性是由一件我无法控制的事情解决的。战争爆发了。我生命中的一章已经结束了。新的篇章开始了。

工作中的旅行

我有一位朋友是内阁大臣，我写信请他帮我个忙，于是我被邀请到陆军部报到，但是我担心被安排在英国做文书工作，同时也急着赶往法国，就加入了一个负责救护车的部门。虽然我并不觉得自己的爱国心比别人少，但我的爱国主义混合着新体验给我带来的兴奋，我自踏入法国的那一刻，就开始做笔记。我一直保持着记录的习惯，直到工作变得繁重，所以在每天下班后我都累得什么都不想做，直接上床休息了。我很享受投入这种不需要负责任的新生活。离开学校后，不再有人命令过我，所以现在被安排要做这做那的时候，我很开心，做完后我会感觉，我的时间还是属于我自己的。作为作家的时候，我从未有过这种感觉。相反，我觉得我连一分钟都不能浪费。但现在不同，我可以心安理得地在小酒馆闲聊数个钟头。我喜欢认识各种各样的人，虽然我不再写作，但他们的独特个性还是珍藏在我的记忆中。我从未处于任何特殊的危险中。我很想知道，当处于危险中时，我会有什么样的感受。我从未觉得自己很勇敢，我也认为我没有必要勇敢。我唯一一次可以考验自己是否勇敢的机会就是在伊普尔（Ypres）的大广场上，我正走向另外一边去看损毁严重的布商大厅，我刚待过的那地方旁边的墙被炮弹击中，但我当时太惊愕了，根本没有注意自己的心理状态。

后来我加入了情报部门，我觉得这份工作比开救护车更适合我。这份工作让我感到既浪漫又荒谬。我学会如何摆脱跟踪的人、在意想不到的地方秘密会见特工、以神秘的方式传递讯息、把报告秘密送出国界。这一切无疑是很有必要的，但也很容易使人想起当时那些廉价侦探小说里的情节，与真实的战争脱离，我只能把它留作某一天或许我会用到的素材。但这种题材很老套，所以我怀疑自己是否能用得上它。在瑞士待了一年后，我在那的工作就结束了。这份工作大部分都在户外进行，瑞士冬天酷寒，无论什么天气，为了工作，我都不得不穿越日内瓦湖。这使我当时的身体状况很差。工作结束后，对我来说似乎没有什么事可做了，于是我去了美国，我的两部戏剧即将在那里上演。我想恢复内心的平静，但由于自己的愚蠢和虚荣，这种平静因一些偶发事件而破碎，这些事也没必要细说了，于是我决定去南太平洋。由于年轻时读过《退潮》（*The Ebb-Tide*）和《营救者》（*The Wrecker*），所以一直很想去看看，我还想为我构思了很久的基于保罗·高更（Paul Gauguin）一生的小说去获取素材。

我去了那里，去找寻美丽和浪漫。值得高兴的是，这片巨大的汪洋隔断了我和困扰着我的麻烦。我发现了美丽和浪漫，发现了一些我从未预料到的东西。我发现了一个新的自己。自从我离开圣托马斯医院，我一直和那些珍视文化的人生活。我开始觉得，世界上没有任何东西能比艺术更重要。我在宇宙间寻求一种意义，唯一能找到的就是人类在这里和那里所创造的美。从表面上看，我的生活多样而精彩，但其实它是很狭窄的。现在我进入了一个新的世界，小说家的一切本能都呼之欲出，去接收新奇的事物。不仅仅是岛上的美丽吸引了我，赫尔曼·麦尔维尔（Herman Melville）和皮埃尔·洛蒂（Pierre Loti）的书已经让我有所了解，虽然这里有种不一样的美，但它并没有希腊或者是意大利南部美。吸引我的也不是因为那里放荡不羁、有点冒险却又轻松的生活，让我兴奋的是遇到一个又一个对我来说很新鲜的人。我就像一个自然学家，进入了一个动物种群丰富得难以想象的国家。有些人我认识，是我以前书中读过的熟悉类型，他们带给我的惊喜感觉，就如同我曾在马来群岛看到的栖在树枝上的一只仅在动物园里见过的鸟儿一样。最开始第一眼，我以为那只鸟一定是从笼子里逃出来的。另外一些人也让我觉得很陌生，就像华莱士（Wallace）遇到一个新物种时那么激动不已。我发现他们很容易相处。他们有各种各样的类型，事实上，要不是我的观察力受过良好的训练，他们很容易让人脸盲迷惑，但我不需要特意努力，就可以把他们分类记住。他们中很少有人有文化。与我所受到的教育相比，他们在不同的学校学习生活，对事物的看法和结论也不一样。他们只是生活在不同的层次上，我不能以我的幽默感，自以为自己的生活比他们更高级。我们只不过不一样。明眼人可以看出，他们的生活对他们来说也形成了一种有秩序而连贯的模式。

我走下了受人尊崇的高台。在我看来，这些人比我目前为止所认识的那些人更有活力。他们不是如宝石般的火焰一样猛烈燃烧，而是如炽热冒烟的熊熊烈火。他们有自己的狭隘，他们有自己的偏见，他们常常乏味、愚不可及。但我不介意，因为他们与众不同。在文明社会里，因为要遵从一定的行为规范，人们的特质往往被打磨殆尽。文化则是掩盖其真实面孔的面具。然而在这里，人们赤裸裸地展现自己。犹如被抛入了仍存有大量原始状态生活中的异质生物，他们从未觉得自己有必要去适应传统的标准。他们的特质得以有机会不受控制地发展。在大城市里，人们就像混装在一个袋子里的石头，他们的棱角被磨掉，直到最后像弹珠一样光滑。然而，在这里，人们的棱角从未被打磨过。他们给我的感觉，似乎比我生活中其他任何人都更接近人性的本原。我的心跃向他们，就像多年前跃向鱼贯进入圣托马斯医院门诊部的人们一样。我在笔记本写满了对他们外貌和性格的简短描述，而现在，这些无数的印象激发了我的想象力，一个暗示，一个意外，或者是一个巧妙的构思，许多故事围绕着他们最生动的一面形成、展开。

疗养院里的领悟

我回到了美国，不久后被派往彼得格勒执行任务。我对这项任务缺乏自信，因为它似乎需要我认为自己并不具备的能力。但是当时似乎没有人比我更能胜任，而我的作家身份，对于我被要求去做的事情来说，是一种非常好的“掩护”。我的身体不太好。我有足够的医学知识来推测我的出血状况意味着什么。X光照片能清楚地看出，我是得了肺结核病。但我不能错过与托尔斯泰、陀思妥耶夫斯基和契诃夫在同一个国家度过相当长一段时间的机会。我觉得，在我被派去工作的间隙，我可以为自己得到一些有价值的东西。所以我坚定地踩下了爱国主义的强音踏板，并说服了我咨询的医生，在当时那种悲惨的环境下，我不会做出过度的冒险行为。我斗志昂扬地出发，带着大量可供我支配的资金以及四个忠心耿耿的捷克人，他们充当我与马萨里克教授（Professor Masaryk）的联络官，教授手下大概有六万个可供调遣的同胞，分布于俄国多个地区。我对自己工作所肩负的责任感到极为兴奋。我是作为一名私人特工去的，必要时可以否认身份，接受指令和与政府敌对的党派取得联系，设计让俄国继续参战，并阻止同盟国支持的布尔什维克取得政权。我没有必要告知读者，在这项工作中我不折不扣地失败了，我也不会要求人们相信，如果我能提前六个月被派到这里，本可以取得成功。在我抵达彼得格勒三个月后，布尔什维克夺取了政权，政府垮台，终止了我的一切计划。

我回到了英国。我经历了一些有趣的事情，也认识并深入了解了一位我见过的最不平凡的人，那就是曾暗杀特勒伯夫（Trepov）和谢尔久斯（Sergius）大公的恐怖分子鲍里斯·萨温科夫（Boris Savinkov）。但我在醒悟之后就离开了他。需要采取行动时无休止的讨论，犹豫不决，当冷漠只能导致毁灭时的麻木不仁，虚假伪善，心无诚意——这些随处可见的弱点使我讨厌俄国，讨厌俄国人。我回来时的确病得很严重，因为在我所处的职位，我无法享受其丰富的给养，而大使馆的人却能酒足饭饱地为他们的国家服务，我（就像俄国人一样）的饮食被减少到很匮乏的程度。（当我到达斯德哥尔摩时，我有一天的时间等待驱逐舰带我穿越北海，我去了一家糖果店，买了一磅巧克力，然后就在街上吃了起来。）其中有一个计划是派我到罗马尼亚，去执行一项有关波兰阴谋案的任务，其中的细节我已忘记了。计划最终失败了，但我并不遗憾，因为我当时咳得天昏地暗，高烧不退，彻夜不适。我去看了我能打听到的伦敦最有名的专家，他打发我去苏格兰北部的一家疗养院——瑞士的达沃斯（Davos）和圣莫里茨（St. Moritz）。我当时不方便去，接下来的两年，我便过着虚弱病人的生活。

我度过了一段美好的时光。我活这么久第一次发现躺在床上是多么令人舒服。令人惊讶的是，当你一整天躺在床上时，你会发现生活是多么丰富，你可以找很多事去做。宽大的窗户敞着，窗外是冬夜的灿烂星光，在这样一个私密的房间里令我很舒适。它给了我一种美妙的安全感，一种超然和自由。这种静谧令人陶醉。我的房间似乎无尽空旷，我的思想，伴着群星，似乎可以做任何的历险。我的想象力从未来得如此轻快，就像是满帆的船顺风疾行。单调的日子里，我读的书和我的思考是唯一让人兴奋的事情了，这种日子以令人难以想象的速度飞逝而过。我痛苦地离开了自己的床。

当我的病好了，足以让我每天都有些时间与病友们待在一起时，我进入了一个陌生的世界。其中一些人多年来一直生活在疗养院，这些人与我在南太平洋遇到的人一样个性独特。疾病和古怪、隔离的生活奇怪地影响着他们，扭曲、强化并恶化了他们的性格，就像在萨摩亚（Samoa）或塔希提岛（Tahiti），人们的性格被令人倦怠的气候和隔离的环境扭曲、强化或恶化一样。我想，在疗养院我学到了很多关于人性的知识，如果不是在那待过，这些知识我是永远都不会知道的。

旅途中的收获

当我从疾病中恢复时，战争结束了。我去了中国。我带着任何旅行者都会对艺术感兴趣的心态，抱着好奇心去看看这样一个陌生的古老文明之邦的礼仪风俗。但我还抱着肯定会遇到各种各样的人的想法，与他们相识会丰富我的阅历的心态。我做到了，我的笔记本中记满了对这个地方和人们的描述以及他们给我带来的故事。我开始意识到我能从旅行中获得特别的益处。以前，这只是一种本能的感觉。一方面是获得了精神的自由，另一方面是可以收集各色人等的行事方式，这将有助于我的文学创作。之后我去了很多国家。我穿越了十几个海洋，坐过邮轮、货船，还有纵帆船。我坐过火车、汽车、轿子，也步行或骑过马，我一路上睁大着眼睛，观察着事物的特征和人古怪的个性。我很快就知道在什么地方可以得到什么东西，然后我就等，直到达到我的目的。否则，我就继续前行。我接受了我所遇到的每一次经历。我手头宽裕，可以足够舒适地去旅行，在我看来，若为了磨砺而去苦行，有点愚蠢。但我想，在旅行中，我不会因为不舒服或者是危险而裹足不前。

我从来都不是什么观光者。我对世界上壮美的景观都已抛洒了太多的热情，以至于当我真正面对它们时，我的热情就不再那么澎湃了。我更喜欢常见的东西，一个掩映于果木之间的打桩木屋，一个椰树环绕的小海湾，或者在路边的一片竹林。我对人类及他们的生活感兴趣。与陌生人相处时我很腼腆，但我很幸运，能够在旅途中找到一位极富社交天赋的同伴。他性情和善，使他能够在很短的时间内与船上、俱乐部、酒吧和酒店的人交上朋友，这样我就可以通过他轻松接触到大量的人，否则我不能这么近距离地接触他们。

我和他们结识，只是因为那种亲密程度很适合我。这种亲密是因为他们的倦怠或寂寞而产生，所以他们也不大掩饰心中的秘密，但一旦分开，这种亲密便不可挽回地被破坏了。之所以具备这种亲密，是因为其限度早就设定好了。回想那段长时间的旅行，我想不出有谁没有和我讲过我乐于知道的事情。我似乎变得像照相底板一样敏感。我形成的图像是否真实，对我来说无关紧要；重要的是，在我的想象力的帮助下，我能够把每个我遇到的人设计得可信、和谐。这是我参与过的最让人着迷的游戏。

书上曾说，没有完全相同的两个人，每个人都是独一无二的，在某种程度上这句话是真的，但这也是一个容易被夸大的事实。在现实生活中，人们是非常相像的。他们被分为相对较少的几种类型。同样的环境以同样的方式塑造他们。特定的环境又塑造了他们独特的个性。你可以像古生物学家一样，用一根骨头就复原出一个动物。自狄奥弗拉斯图（Theophrastus）以来一直是流行的文学形式的“性格论”，以及十七世纪的“气质论”，都证明人们将自己归为几个明显的类别。实际上，这就是现实主义的基础，而现实主义的吸引人之处在于认同。浪漫主义的创作方法是聚焦于另类的事物，而现实主义则注重平常。在生活原始或者是环境迥异的国家，人们在其所处的那种稍微反常的环境中，会着重强调自身的“平凡”，这样他们就会从中形成自己的性格。而当他们自己“非凡”的时候（他们有的时候的确如此），没有了惯常的制约，他们的思想就可以自由地驰骋，而这种自由在更文明的社会中几乎很难得到。然后，你就看到了那些现实主义难以应付的人。我以前常常离家在外，直到我对事物的感受能力耗尽，我发现当我遇到别人时，我已经不再富有想象力，赋予他们外形轮廓和一致性；然后我回到英格兰去厘清我的思绪，并开始休息，直到我觉得自己对新鲜事物的吸收能力恢复为止。最后，我想，在七次这样的长途旅行之后，我发现了人们的某种共性。我遇到越来越多以前见过的类型。他们不再令我感兴趣了。我的结论是，我已经不再满怀激情且个性化地去观察那些我经过长途跋涉而找到的人了，因为我从不怀疑是我发现并赋予了他们特质，所以我确定我在旅行上不会再有进步的空间了。我有两次差点死于发烧，也曾差点被淹死，也被匪徒射伤过。我很高兴重新获得了普通而有序的生活。

我每次旅行回来，都会有点不同。在我年轻的时候，我读了很多书，不是因为我觉得它们会使我受益，而是因为好奇心和对学习的渴望。我旅行是因为它让我很愉悦，并且可以得到对我有用的创作素材。我从未想到这些新的经历会对我有什么影响，直到很久以后，我才明白它们是如何形成了我的性格。在我与所有这些陌生人接触的过程中，我失去了自己的“光滑”，作为“袋中石头”的其中一块，这种光滑是一个文人的乏味生活所磨砺的。我找回了我的棱角。我最终成了自己。我不再旅行了，因为我觉得旅行不会再带给我什么了。我无法再取得新的进展。我摒弃了文化的傲慢。我的心情是全然地接受。我没向任何人要求过他无法给我的东西，我学会了宽容，我对人们的善良感到高兴，我并没有因为他们的恶行而感到苦恼。我获得了精神的独立。我学会了走自己的路，而不会在意别人的想法。我为自己寻求自由，也为别人准备了自由。当人们对他人行为恶劣时，你笑一下，耸耸肩膀觉得没什么。但当他们对你不尊重时，这么做就要困难得多。但我觉得也不是没有这种可能。我在中国海域的船上遇到一个人，我把自己关于人的结论通过他的口说了出来。“兄弟，我会简单地告诉你我对人类的看法，”我引导他说道，“他们的心脏在正确的位置，但他们的头脑是一个完全无用的器官。”

／第七讲／

如何看待批评家

如何看待批评家

在我年轻的时候，如果我对一本书的直觉与权威评论家的想法不同，我会毫不犹豫地断定是我错了。我不知道批评家们接受传统观点的概率有多大，我也从来没有想到他们能自信地谈论他们根本不太了解的东西。很久以后我才意识到，在艺术作品上，对我来说唯一重要的是我对这部作品的看法。我现在对自己的判断有了一定的信心，因为我发现，四十年前我对所读过的那些作家的一些本能的体会，以及由于和当时的主流意见不一致，我不愿去理会的一些看法，现在已经得到普遍的认同。尽管如此，我仍然阅读大量的批评文字，因为我认为这是一种非常愉快的文学创作形式。人并不总是为了自己的灵魂而读书，没有比读大量的批评文字更能打发时间的了。意见相同或相左都是一件趣事；了解一个聪明人对某些作家的评论总是很有趣的，比如亨利·莫尔（Henry More）或是理查逊（Richardson），这些作家你可能从来没有机会读到他们的作品。

但一本书中唯一重要的是它对你的意义。对于批评家来说，它可能还有其他更深刻的含义，但这种二手的意义，对你的帮助就很小了。我读书不是为了书，而是为了我自己。评判书的好坏不是我的事，我要做的是尽可能地从中汲取我所需的知识，就像变形虫吸收外来物的微粒一样，那些我无法汲取的东西与我无关。我不是学者、学生或评论家。我是一个职业作家，现在我只读对我的职业有用的东西。任谁都可以写一本书来推翻几个世纪前托勒密（Ptolemy）建立起的学说观点，而我却能心安理得地不予理会。他还可以描述在巴塔哥尼亚（Patagonia）腹地的一次令人难以置信的冒险之旅，而我依旧不会理睬。小说家除了自己的创作主题，没有必要成为任何主题的专家。相反，这对他是有害的，因为人性是软弱的，他难以去抵制那些不恰当地使用自己特有知识的诱惑。如果一个小说家太过技术化，可以说是非常不明智的。十九世纪九十年代开始流行使用大量行话，这种做法令人厌烦。没有这些行话，文章才可能有逼真的效果，而气氛的烘托是以乏味为其昂贵代价的。人是小说家的主题，小说家应该对与人有关的重大事件有所了解，但一般来说，他懂一点就足够了。他必须不惜一切代价避免卖弄学问。但即便如此，写作这个领域仍然是广阔的，我一直试图把自己限制在对我的目标有重要意义的作品上。你对你笔下的人物永远不可能有充分的了解。传记、回忆录和技术性的作品，往往会给你私密的细节、深刻的触动，以及启迪性的暗示，这些你可能从来都没有从一个活生生的生活原型中获得过。人是难以了解的。因此说服他们把关于自己的、对你有用的特别之事讲给你听，是一个缓慢的过程。这样做有一个缺点，就是你不能像看一本书那样，看完一部分，可以暂时把它放在一边，相反，你必须得读完整卷书，然后才知道：它其实并没有多少可以告诉你的。

想成为作家的年轻人

急于写作的年轻人有时会恭维我，请我给他们推荐一些他们必读的书。我给他们列了书单，他们却很少读这些书，因为他们似乎没什么好奇心。他们不在乎前人做了什么。他们读了弗吉尼亚·伍尔夫（Virginia Woolf）的两到三部小说，一部福斯特（E.M.Forster）的小说，一些劳伦斯（D.H.Lawrence）的小说，甚至《福尔赛世家》（*The Forsyte Saga*），就认为自己知道了所有关于小说艺术的必要知识。的确，当代文学具有古典文学所不具备的生动感染力，年轻作家了解同时代作家在写些什么以及如何写文章也是一件好事。但文学中也有风尚，要说出一种当下流行的写作风格有何内在的价值并非易事。因此，了解过去的伟大作品能为比较提供很好的标准。我常想，尽管许多年轻作家才华横溢，技艺高超，却常常以失败告终，这是否是他们的无知造成的呢？他们写了两三本书，不仅精彩绝妙，而且手法娴熟，然后就风光不再了。这样的人并不能丰富一个国家的文学。要做到这一点，必须有那些能写出大量系列作品的作家，而非仅仅出版两三本书的人。当然，这条路是坎坷的，只有在十分幸运的情况下才可能创作出一部杰作。这样一部杰作通常是作家艰苦劳作才能达到的顶峰，而非那些没受过训练的天才的侥幸成功。作家只有不断地自我更新，才能富有创造力，而要自我更新，只能通过体验不同的人生来不断地丰富自己的灵魂才行。我们要对过去那些伟大文学进行迷人的探索，因为没有什么比这更能丰富创作源泉了。

因为艺术作品的诞生不是奇迹的结果，它需要准备。无论土壤多么肥沃，都必须加以滋养。艺术家必须进行深思熟虑，通过努力去扩大、深化和丰富他的个性。就像土地需要休耕，艺术家就像基督的新娘，等待着即将带来新的灵性生命的启示。他耐心地从事着他的日常工作，潜意识却做着神秘的事情，然后突然在某个时刻就会文思泉涌，你甚至会觉得那是无中生有、凭空产生的。但这就像种在石头地上的玉米一样容易枯萎，必须小心谨慎地照料它。艺术家头脑中所有的力量、技巧和经验，以及他的性格和个性里的任何东西，都必须集中在这上面，只有经历了无限的艰辛劳苦，艺术家才能以适合它的完整性将这个作品展现出来。

但我对年轻人并没有失去耐心，只有在他们需要我说时，我才会建议他们去读莎士比亚和斯威夫特。他们告诉我他们在幼儿园就读了《格列佛游记》，在学校读了《亨利四世》（*Henry IV*）。如果他们觉得《名利场》（*Vanity Fair*）难以忍受，而《安娜·卡列尼娜》（*Anna Karenina*）无足轻重，那也只是他们自己的事。除非你享受阅读，否则阅读便没有价值。至少他们可以说，他们并不会遭受来自对知识的自负的折磨。他们也没有受广泛的文化影响，消除对普通人的同情，毕竟普通人是他们的创作素材。他们与同伴之间的关系更加密切。他们所践行的艺术也不再神秘，而是和其他任何手艺地位相当。他们写小说和戏剧，就像别人造汽车一样真实自然。这一事实让人喜悦。对于艺术家，尤其是作家来说，在他孤独的内心中，他构建了一个不同于其他人的世界。这种让他成为作家的特质将他与众人区分开来，但矛盾也出现了，尽管他的目的是要真实地描述他人，他的天赋将会阻止他了解真实的自我。就好像他迫切地想要看到某样东西，但是看它的这个举动，却在它面前蒙上了一层纱，从而阻碍了他看清事实。作者完全置身于他所从事的行为之外。他就像一个喜剧演员，却从来没有在角色中失去自我，因为他既是观众，同时又是演员。可以说，诗歌是在平静中让人回忆起的情感，但诗人的情感是特别的，这种感情只属于诗人而非普通人，这种感情从来都不是公正无私的。这就是拥有敏锐直觉的女性经常发现诗人的爱情并不令人满意的原因。也许，只有今天这些更接近写作素材以及平凡人的作家，而非那些身处陌生人群的艺术家，才能冲破自身独特天赋所带来的桎梏，走进之前从未被他人探究过的简单的真实。

批评是个人的事儿

我二十多岁的时候，批评家说我很野蛮；我三十多岁的时候，他们说我轻率；我四十多岁的时候，他们说我愤世嫉俗；我五十多岁的时候，他们说我能干；现在我六十多岁了，他们说我肤浅。我按照自己制订的路线走，努力用我的作品来填补充实我所寻找到的模式。我认为那些不读评论的作者是不明智的。训练自己不受责难和褒扬的影响，宠辱不惊，是很有益的。当然，当一个人发现自己被视为天才时，耸耸肩是很容易的；但当一个人被视为傻瓜时，就不那么容易无动于衷了。文学批评的历史表明，当代的批评是容易犯错的。作者应该在多大程度上考虑它，在多大程度上忽略它，这是一个很好的问题。由于批评家的观点五花八门，作者很难对自己的优点得出任何结论。在英国，存在一种轻视小说的自然倾向。不知名的政客的自传、皇家名妓的生活将会受到严肃的批判性讨论。而六七部小说将会被放在一起，由某位书评家评论，而这位书评家关注的常常是以牺牲小说为代价的娱人取乐。事实很简单，英国人对信息作品比对艺术作品更感兴趣。这使得小说家很难从对他作品的批评中得到任何对他自身发展有益的东西。

本世纪，我们还没有遇到过像圣伯夫（Sainte-Beuve）、马修·阿诺德，甚至布吕纳介（Brunetiere）这种层次的批评家。这对英国文学界来说，是一个巨大的不幸。诚然，这样的批评家不会过多地关注当下的文学，如果可以让我提到的三位批评家来评判，即使他们关注了当代文学，对当代作家也不会有什么直接的帮助。因为，正如我们所知，圣伯夫过于艳羡他所追求的一种成功形式，但却从未实现过，以至于不能客观地对待与他同时代的人。马修·阿诺德在与他那个时代的法国作家打交道时，他的品位是如此之差，以至于没有理由认为，如果他来研究英国作家，他的品位会更好。布吕纳介不够宽容，他以严格硬性的规则来衡量作家，对于那些怀有他不认可的目标的作家，他看不到他们的优点。他的人格力量给了他一种影响力——他的天赋无法保证赋予的影响力。尽管如此，作家受益于一个对文学高度关注的批评家。即使他们对他不满，他们也可能由于对立情绪的刺激，对自己的目标有一个更明确的定义。他能在他们身上激起一阵兴奋，使他们更加自觉地努力，而他的榜样也促使他们更加严肃认真地对待自己的艺术。

柏拉图在他的一段对话中，似乎试图表明批判的不可能性。但事实上，他只是展示了苏格拉底的方法有时会导致的过度。有一种批评显然是徒劳的。这是批评家为弥补他早年所受的屈辱而写的作品。批评给他一种重获自尊的方法。因为在学校里，他无法适应那个狭小世界的标准，他被踢了又打，长大后轮到他对别人拳打脚踢，以减轻自己受伤的感觉。他感兴趣的是他对正在考虑的作品的反应，而不是作品对他的反应。

当前，我们比以往任何时候都更为需要一位权威的批评家，因为现在的艺术乱七八糟。我们看到作曲家在讲故事，画家在进行哲学探讨，小说家则在布道。我们看到诗人不再愿意在韵律上花费心思，并试图在诗歌中赋予散文的韵律。我们看到散文作家试图将诗歌的节奏硬加于散文。目前迫切需要一个人，重新界定几种艺术形式的特征，并向那些误入歧途的人指出，他们的实验只会导致他们自己陷入困惑。指望有一个人能在所有的艺术领域拥有相同的发言权，那只能是奢望。但是，需求决定供应，我们仍然希望有一天，将有一位评论家能登上曾经由圣伯夫和马修·阿诺德所占据的“宝座”，他将大有作为。最近我读了两三本书，书中提出构建一种严谨的批评科学。他们没有使我相信这样的事是可能的。

在我看来，批评是个人的事情，但如果批评家有伟大的人格，那就没什么可反对的。对他来说，把自己的行为看作是创造性的活动，这很危险。他的工作是引导、评价并指出创造的新途径，但如果他把自己看作是有创造力的人，他就会更多地从事创造性的工作，这是人类活动中最迷人的部分，但这却不是批评家应有的职能。对批评家来说，写一个剧本、一部小说和一些诗文也许是件好事，因为要掌握文学的技巧没有别的办法。但他不可能成为一个伟大的批评家，除非他意识到创作不是他的事情。当前的批评之所以毫无用处，其中一个原因是，这些评论是由具有创意的作家将其作为副业来完成的。他们认为自己做的事情是最值得做的，这很自然。伟大的批评家应该得到广泛的共鸣，因为他拥有的知识是广博普遍的。因此，它不是建立在一种普遍的漠不关心的态度之上，例如使人们容忍他们毫不关心的事情，而应建立在对多样性的积极喜悦之上。批评家必须是心理学家和生理学家，因为他必须知道文学的基本要素是如何与人的思想和身体相联系的。他必须是一个哲学家，因为他将从哲学中学习宁静、公正和人类事物的短暂性。他不能仅仅熟悉本国的文学作品。掌握了以过去的文学作品为基础的标准，加之对其他国家当代文学的研究，他将能清楚地看到文学在其发展过程中所追寻的方向，从而有利于指导自己的同胞的发展。批评家必须以传统作为自己的支撑，因为传统是一个国家的文学不可回避的特性的外在表现，但他必须尽其所能鼓励它朝着自然的方向发展。传统是向导，不是狱卒。他必须有耐心、坚定和热情。他读的每一本书都应该是一场新的、令人兴奋的历险。他以普世的知识和性格的力量来对书加以评判。事实上，伟大的批评家一定是一个伟大的人。他一定很伟大，能够怀着愉快的心情坦然地认识到，他的工作虽然很重要，却只能具有短暂的价值。因为他的功绩在于，他回应了自己这一代人的需求，并为这一代人指明了道路。新一代伴随着其他需求而出现，一条新的道路在前面延伸。他无话可说，和自己所有的作品一起，他被丢进了垃圾堆。

如果他认为文学是人类最重要的追求之一，那么他为之献身也就值得了。

艺术家的多重人格

这是作家一直坚持的主张，在这一点的基础上，他又补充了一项要求：他声称他不是别人，因此也不接受他们的规则。其他一些人则对这一主张或叱骂，或嘲笑，或蔑视。这是因为每个人的气质性格不一样，遇到问题的应对方式自然也不一样。有时，作家会以一种任性的怪癖来炫耀自己与他所称的“普通俗众”的不同。比如，为了蔑视那些不懂文学的布尔乔亚（epater le bourgeo），泰奥菲尔·戈蒂耶（Théophile Gautier）会炫耀自己的红色马甲，或者像杰拉尔·德·奈瓦尔（Gérard de Nerval）那样，牵着一只绑着粉红丝带的龙虾，在街上溜达。有时，他以装作和别人一模一样为乐，并在心里把诗人勃朗宁（Browning）装扮成一个富有银行家的形象。也许我们所有人都是有着相互矛盾的自我的结合体，但作家、艺术家却深深意识到这一点。对于其他的人，他们所过的生活使他们的某一面特别突出，因此，也许除非在潜意识的深处，不然这样的单面的自我最终也就成了整个的人。但是画家、作家、圣人，总是在自己身上发现新的一面。重复自我会让他感到厌烦，他会设法寻求（尽管他自己可能并不知道），防止自己变成单面的人。他从来没有机会成长为一个自我一致、前后一贯的生命体。

其他一些人在发现这位艺术家的生活和他的作品之间有差异时感到愤怒，他们经常有这样的发现。他们无法调和贝多芬（Beethoven）的理想主义与他精神的卑微，瓦格纳（Wagner）天堂般的狂喜与他的自私和不诚实，塞万提斯（Cervantes）的道德倾斜与他的温柔和宽宏大量。有时，在义愤中，他们试图说服自己，这些人的作品并不具有他们所认为的价值。当他们了解到伟大而纯洁的诗人们在他们身后留下了大量淫秽的诗歌时，他们被吓坏了。他们有一种不安的感觉。“这些人简直就是彻头彻尾的骗子！”他们说。但作家的特点就在于，他不是一个人，而是很多人。正因为他是很多人，所以他才能创造出很多的人物，而衡量他是否伟大的标准，就是组成他这个人的“自我”的数量。而他塑造的一个人物如果不能令人信服，那是因为他自己的内心没有那个人。他不得不依靠观察，所以只能描述，而不是创造。作家不与人同感，有的只是内心的独感。作家并不是同情，同情常常会导致多愁善感。他有的只是心理学家所称的“移情”。正是因为莎士比亚在很大程度上具备了这一点，他才成为最生动、最不多愁善感的作家。我认为歌德是第一个逐渐意识到这种多重人格的作家，这困扰了他一生。他总是把作为作家的自己和作为常人的自己做比较，他无法很好地调和这两者的矛盾。但艺术家的目的和其他人的目的是不同的，因为艺术家的目的是创作，而其他人的目的是正确地行动。所以艺术家对生活的态度在某种程度上是他自己独有的。心理学家告诉我们，普通人的形象不如感觉生动。这是一种弱化的体验，它提供了关于感官对象的信息，而在感官世界中是行动的指南。他的白日梦满足了情感上的需要，满足了世间万物失意的欲望。但白日梦是现实生活的苍白阴影，在他内心深处还是意识到感官世界的需求另有其正当性。对作家来说，情况并非如此。这些形象，这些充斥在他脑海中的自由思想，不是指南，而是行动的材料。它们具有感觉所有的惟妙惟肖。他的白日梦对他来说是如此重要，以至于感觉世界成了暗影，他必须通过意志的努力来碰触它。他在西班牙的城堡不是毫无根据的建筑，而是他生活于其中的真实城堡。

艺术家的自负令人惊讶。他天生是唯我论者，世界的存在只是为了让他施展他的创造能力。他只有一部分参与生活，从来没有全身心地感受过人类普遍的感情，因为无论这种需要有多迫切，他是一个观察者，同时还是一个演员。这常常使他显得有些无情。敏锐精明的妇人，要提防着他。她们被他吸引，但本能地感到她们永远无法完全控制他，这是她们的愿望，因为她们知道不管怎样，他都会逃离她们。歌德，那个伟大的情圣，他没有亲口告诉我们，他是怎样在他心爱的人的臂弯里写诗，又是怎样以歌唱的手指在她那曲线优美的后背上轻敲出六音步诗歌的节奏。和艺术家一起生活有害而无益。他可以完全真诚地表达自己的创作情感，但在他的内心深处，还有另一个人，这另外一个自我会在创作过程中对感情嗤之以鼻。他并不可靠。

但诸神在创造天分时都会给它增加一个缺陷，而作家的多重本性使他能够像诸神一样创造人类，但是他也无法从他的创造中获得完美的真理。现实主义是相对的。最现实的作家根据自己的兴趣方向歪曲了他笔下的人物。他是通过自己的眼睛观察他们。他使他们比真实的自我更加自觉。他使他们有更多的反思，也更复杂。作家投身其中，试图把他们塑造成为普通人，但他从未完全成功。因为他的特殊才能使他永远成为作家，使他不能确切地了解普通人的样子。他所得到的不是真理，而仅仅是他自身个性的移位。他的天赋越高，他的个性就越强，他描绘的生活图景就越奇妙。我有时觉得，如果后人想知道今天的世界是什么样子，那就不会去找那些其特质令我们同时代人印象深刻的作家，而是去找那些平凡的作家，他们平凡的生活使他们能够更忠实地描述周围的环境。我没有提到他们，因为尽管他们可能确实会在以后的岁月里得到后世的欣赏，但人们不喜欢被贴上“平凡”的标签。我认为，在安东尼·特罗洛普（Anthony Trollope）的小说中，人们对生活的印象要比从查尔斯·狄更斯（Charles Dickens）的小说中获得的更真实。

写作的价值

有时作家必须问问自己，除了对自己，他写的东西是否还有什么价值。问题现在看起来可能很迫切，因为至少对我们身处其中的人来说，世界处于动荡不安和悲惨之中，以前并不是这样。对我来说，这个问题有着特殊的意义，因为我从来就不想只成为一个作家，我希望过完整的生活。我一直惴惴不安，而且意识到：我有责任为公众的福祉尽一份力量，哪怕只是很小的一部分。我天性倾向于远离各种公共活动，我曾极不情愿地参加了一些委员会的工作，这些委员会的目的是实现某种暂时利益。我认为自己的一生还不够长，无法把写作学好，因此不愿意把实现心中目标所需要的时间花在其他活动上。我从没能够说服自己——其他还有什么事情更重要。但是，当数百万人仍生活在饥饿的边缘，当自由在很多有人居住的地方濒于消亡或已不存在，当可怕的连年战争使大批人的幸福感达到了最低值，人们变得心烦意乱，因为他们看不到生命的任何价值和希望。多个世纪以来，这些价值和希望曾支撑他们度过苦难的岁月，如今看起来似乎很是虚幻。因此，人们很难不去扪心自问：写剧本、写故事、写小说是否是徒劳无益的？我能想到的唯一的答案是，我们中的一些人天生就这样，以至于别无选择。我们写作不是因为我们想要写作，而是因为我们必须写作。世界上可能还有其他更迫切需要做的事情：我们必须要从创造的重负中解放灵魂。尽管罗马火光冲天，我们必须继续前行。别人可能看不起我们，因为我们都没有帮着拎一桶水，我们帮不上这个忙，因为我们不知道如何对付一只水桶。此外，熊熊烈焰令我们兴奋不已，使我们心中涌起万语千言。

然而，作家有时也参与政治活动。作为作家，这一影响是有害的。我没有注意到作家们的意见对事务的处理有很大的影响。我唯一能记得的一个特例是迪斯累里（Disraeli）。但就他而言，可以说，写作本身并不是目的，而是政治进步的一种手段。如今，我们生活在一个专业化的时代，我有一个观念，总的来说，工匠（指作家）还是应该做好工匠的本职工作，就像补鞋匠就应该尽力补好鞋子一样。

因为我听说德莱顿（Dryden）是研究了蒂洛森（Tillotson）才学会写英文的，所以我读了这位作家的几段文章，并读到了一段话，这段话在这件事上给了我一些安慰。他是这样说的："我们应当高兴，因为那些适合在政府做事的人，当需要他们时，愿意承担起政府赋予他们的重任。是的，也要非常感谢他们，因为他们费尽苦心，耐心管理，把这些作为公众人物的生活。因此，有一些人是为这所生、为这而长的，这对世界来说是件幸事。而遵守习俗使这一切变得容易，或者至少对他们来说是可以容忍的……如果一个人的生活比较虔诚，比较悠闲，比较喜欢沉思默想，那么他的优点就是他不会为许多事情分心。他们的思想和感情都集中在一件事上，他们全部的感情和力量都向一个方向涌动。他们所有的思想和努力都是在于伟大的目标和设计，这使他们的生活成为一个整体，并始终与自身保持一致。”

/第八讲/

构建自己的哲学体系

我与哲学

当我开始写这本书的时候，我就告诫过读者，也许我唯一能确定的事情就是我对别的什么都不确定。我试着整理自己对各种主题的想法，没有要求任何人同意我的观点。在修改我所写的东西时，我想，自己已在很多地方删减了些词句，因为尽管它们十分自然地出现在我的笔下，我还是觉得它们冗长乏味，不过，这些词句倒是使我书中的每一处论述都显得十分有说服力。现在，写到了书的最后一部分，我比以往任何时候都更焦虑，不得不重申：我所写的是自己的个人观点。也许它们是肤浅的，也可能其中一些是相互矛盾的。推断是不太可能符合欧几里得（Euclid）命题的逻辑精确性的，因为推断是基于各种偶然的经验，并带有某种个性色彩的思想、情感和欲求的结果。我写戏剧，写小说，写的都是我在实践中获得的一些认识和领悟，但现在，我来探讨一下哲学家们思考的问题。和那些多年忙碌而生活多变的人相比，我并未掌握更多的特殊知识。生活也是一门哲学，但它就像一所现代化的幼儿园，在那里，孩子们自行其是，只学习他们感兴趣的科目。他们的注意力被吸引到对他们来说似乎有意义的事情上，而对那些与他们不直接相关的事情却毫不在意。在心理实验室里，老鼠被训练通过迷宫找到出路，通过反复试验，它们发现了通往所寻食物的路径。现在，埋头忙于自己的工作之中，我就像这些老鼠中的一只，沿着错综复杂的迷宫的小路不停奔跑，但我不知道它是否有一个中心，在那里我能找到我所寻找的东西。因为我所知道的是，所有的小巷都是死胡同。

我是由库诺·费希尔（Kuno Fischer）引进哲学之门的，我在海德堡时曾听过他的讲座。费希尔在那里颇有名望，那年冬天，他给我们做了一系列关于叔本华的讲座。讲座现场人满为患，为了抢到一个好座位，人们不得不早早就来排队。费希尔矮小利落，身材略胖，衣服整洁，圆头，花白的头发梳得一丝不乱，面色通红。他的小眼睛敏锐而又闪亮，长有一个滑稽的、扁平的翘鼻子，看上去像是鼻梁被人打了进去似的，所以，你可能会把他当成一名老职业拳击手，而不是一位哲学家。他是个幽默作家，而且确实写了一本关于智慧的书，我当时曾读过，但现在已完全忘记了。在他讲笑话时，学生听众们不时发出一阵大笑。他的声音铿锵有力，他是一个生动、令人印象深刻、使人兴奋的演说家。我当时太年轻，太无知，对他说的话理解不了多少，但我对叔本华古怪而独特的个性有了非常清晰的印象，并对他的体系中的戏剧价值和浪漫品质感到困惑。这么多年过去了，我不愿贸然发表任何看法，但我认为，库诺·费希尔把叔本华的体系视为一件艺术品，而不是对形而上学的重大贡献。

从那以后，我读了很多有关哲学的书。我发现哲学是很好的读物。事实上，对于把读书当作是一种需要、一种快乐的人来说，哲学是各种重要学科门类读物中，最富于变化、最丰富也是最令人满意的。古希腊的哲学令人兴奋，但从这个角度来看，还是不足够的。有一天，你会发现业已读完它仅有的一点文学遗产，以及关于它的重要意义的所有论述。意大利文艺复兴也很吸引人，但相对而言，这个主题比较狭小，有影响的观念也不多。你会对文艺复兴时期的艺术产生厌倦，因为长期以来，其创造性价值已经耗尽，留给你的是仅存的优雅、迷人和对称（这些艺术特质你能见到很多）。你对文艺复兴时期的人也会感到厌倦，他们的多才多艺也会落入统一的模式。你若一直读关于意大利文艺复兴的书，在所有书目阅读完之前，你就会失去兴趣。法国大革命是另一个很受关注的话题，它的优势在于它的意义是真实的。在时间上，它离我们很近，因此，只要稍加想象，我们就能与大革命中的人物一样感同身受。他们几乎是我们同时代的人。他们的行为和思想影响了我们今天的生活。从某种程度上说，我们多少都是法国大革命的后裔。关于大革命的资料也相当丰富。与它有关的文献不计其数，与其相关的话题也不断推陈出新。你总能找到新鲜有趣的东西来读，但它并不令人满足。由大革命直接催生的艺术和文学微不足道，所以你不得不去研究投身革命的人，你读得越多，你就越对他们的卑劣和粗俗感到失望。在这场世界历史上最伟大的戏剧之一里，演员们的演技不够精湛，令人遗憾。你最终带着略微的厌恶之感，转而避开了这个话题。

但形而上学永远不会让你失望。你永远不会走到它的尽头。它就像人的灵魂一样千差万别。它有伟大之处，因为它所探讨的无非是知识的总和。它探究宇宙、上帝和不朽，探究人类理性的属性、生命的终极和目的，探究人类的力量和局限。如果形而上学不能回答在穿越黑暗而神秘的世界的旅途中困扰人类的问题，它就会说服人们以幽默的方式来宽容自己的无知。它教人顺从放弃，教人勇敢无畏。它借助于想象力和智慧。我想，它给予业余者的幻想材料，要比给专业哲学人士的多得多，而幻想是人类打发闲暇最愉快的消遣。

从那以后，在库诺·费希尔的讲座的启发鼓舞下，我开始阅读叔本华的著作，我研读了那些伟大的古典哲学家所有的重要著作。虽然书中有很多东西我不懂，也许我懂的甚至没有我想的那么多，但我还是读得颇有兴趣。唯一让我一直厌烦的人是黑格尔（Hegel）。这无疑是我自己的过错，因为他对十九世纪哲学思想的影响已经证明了他的重要性。我发现他极其冗长啰唆，我永远无法接受他的诡辩，在我看来，他用这种方式证明了他想要证明的一切。我对黑格尔抱有偏见，也许是因为叔本华谈到他时总是带着轻蔑的口吻。但从柏拉图起，我一个接一个地被其他的哲学家“降服”，喜悦的心情就像一个旅行者在一个陌生的国家历险。我没有批判性地阅读，但我可能会读小说，因为它能带来兴奋和喜悦。（我承认我读小说不是为了接受教育，而是为了消遣。我恳求读者的宽容。）作为人类性格的研究者，从不同作家为我的调查提供的自我揭露中，我获得了巨大的快乐。我看到了哲学背后的那个人，我被一些人身上的高贵气质所振奋，也被另一些人身上的奇异古怪所逗乐。当我晕头转向地跟着普罗提诺（Plotinus）从一个孤独的王国飞向另一个孤独的王国时，我感到一种奇妙的兴奋。虽然我从那以后才知道，笛卡儿（Descartes）从他的有效前提中得出了荒谬的结论，但我还是被他那清晰的表述所迷住。读他的作品就像在清澈的湖水里游泳，你可以看到湖底，那清澈的水令人神清气爽。我把自己初次阅读斯宾诺莎（Spinoza）的作品看作是我生命中最重要的经历之一。它使我充溢着一种威严和狂喜的力量，就像一个人看到巍峨绵延的群山时心中所涌起的那种感觉。

当我提及英国哲学家时，也许有轻微的偏见，因为在德国时，我就留下了一种印象，除了休谟（Hume）可能是个例外，英国哲学家完全可以忽略不计，休谟唯一的重要性是因为康德曾经批判过他。我发现除了哲学家的身份，他们还是相当优秀的作家。虽然他们可能不是很伟大的思想家，这一点我不敢妄加评论，但他们肯定是充满好奇的人。我想，读霍布斯（Hobbes）的《利维坦》（*Leviathan*）时，几乎没有人不被约翰·布里士尼斯（John Bullishness）粗鲁、直率的个性所吸引。当然，读贝克莱（Berkeley）的《对话录》（*Dialogues*）时，也没有人不被那位令人愉快的主教的魅力所折服。尽管康德确实可能把休谟的理论批得乱七八糟，但我还是认为，用比休谟更优雅、更文雅、更清晰的语言来书写哲学是不可能的。他们都用英文写过，洛克（Locke）也写过，学习行文风格而不去进一步研究它只能变得更糟。在开始写小说之前，我有时会把《老实人》（*Candide*）再读一遍，这样，我的脑海里就会形成清晰、优雅和机智的风格的试金石。我有一种想法，如果当今的英国哲学家们在开始写一部作品之前，能屈尊纡贵去读下休谟的《人类理解研究》（*An Enquiry Concerning the Human Understanding*），对他们是不会有什么害处的。因为他们现在写的东西并不一定都不同凡响。也许他们的思想比他们的前辈要精妙得多，以至于他们不得不使用自己发明的一些专业词汇，但这是一种危险的做法。当他们探讨所有思想者迫切关心的事情时，人们只能遗憾地发现，他们无法把自己的意思表述得浅显直白，以使所有阅读的人都能够理解。他们告诉我，怀特海（Whitehead）教授是目前从事哲学研究的人当中最聪明的。但在我看来，他并不总是尽力地把自己的意思讲清楚，这不能说不是种遗憾。斯宾诺莎的一个很好的规则是，用一些词语来表明事物的本质，这些词语的惯常含义不应与他想赋予它们的含义完全相反。

构建自己的哲学体系

哲学家没有理由同时不是作家。但写得好并非出自本能，这是一门需要刻苦学习的艺术。哲学家不仅和其他哲学家沟通，也和攻读学位的大学生们交流；他还与文人、政治家和善于思考的人交谈，这些人直接塑造了下一代人的思想。很自然地，他们被一种引人瞩目且不太难理解的哲学所吸引。我们都知道尼采的哲学如何影响了世界的某些地方，但很少有人会声称其影响不是灾难性的。尼采哲学的流行，不是靠其思想可能有的深度，而是靠其生动的文体和有效的形式。哲学家如不愿费心地把自己的哲学思想讲清楚，那只能表明，他认为自己的思想仅具有学术价值。

然而，当我发现即使是专业的哲学家有时也不能相互理解时，我感到安慰。布拉德莱（Bradley）经常承认，他不知道和他论辩的人是什么意思。怀特海教授在一个地方曾表示，布拉德莱说的话超出了他的理解能力。最杰出的哲学家也不能总是彼此理解，如果外行人经常理解不了他们，也就无所谓了。当然形而上学是困难的。人们必须预料到这一点。外行人走钢丝，手中却没有用以保持平衡的横杆，如果他能勉强设法爬到安全的地方，他一定得感谢上苍。但这种技艺足够刺激兴奋，值得他去冒跌落的风险。

我发现到处都有人说哲学是高等数学家的领域，我对此感到困惑不安。正如进化论所表明的，如果知识是人类在生存斗争中为了实用而发展的，那么知识的总和，也就是对人类的福祉非常重要的东西，只能留给少数天生具有罕见才能的人。虽然对此我似乎很难相信，但如果我不是很清楚地看到布拉德莱也承认他对这门深奥的科学知之甚少，我很可能就不会在这个方向继续我愉快的研究了，因为我没有数学家的头脑。布拉德莱并不是刻薄的哲学家。我们知道不同的人会有不同的味觉，但没有它，人类将会灭亡。关于宇宙以及人类在其中的位置，对于邪恶的奥秘以及现实的意义，你对此没有一种合理的理论，这看起来不太可能，除非你是一个数学物理学家。这就像除非你有训练有素的敏感性，可以使你丝毫不差地鉴别出二十种不同的波尔多红葡萄酒分别产自哪一年，否则你就无法享用一瓶美酒。

因为哲学不是只与哲学家和数学家有关的学科，这是我们大家都关心的问题。的确，我们大多数人都接受的关于事物的看法，都是经过哲学家们思辨过的，而且大多数人根本不知道其中有什么哲学。但即使是最没有思想的人，其言行也隐含着哲学。第一个说“对已洒出来的牛奶悲伤是没有用的”的老妇人就是位哲人。她这话是什么意思，难道只是说遗憾是没有用的？其实，一个完整的哲学体系就隐含其中。宿命论者认为，人生的每一步都离不开当下的自己。你不仅包括你的肌肉、神经、内脏和大脑，还包括你的习惯、观点和想法。不管你对它们的了解有多少，不管它们多么矛盾、无理和有偏见，它们都在那里，影响着你的行动和反应。即使你从未把它们用语言表述出来，它们也还是你的哲学。大多数人并没有去系统阐述这个问题，这也许是件好事。他们拥有的很难说是一种思想，至少不是有意识的思想，只是一种模糊的感觉，一种与生理学家在不久前发现的一种肌肉感觉类似的体验。他们从自己所生活的社会中吸收了当前的观念，而这些观念又由于他们的自身经验而有了些微的改变。他们过着井然有序的生活，这种混乱的思想和感觉，对他们来说就足够了。因为其中包含了人类长久的智慧，所以它对于日常生活的一般目的来说是足够的。但我一直在寻求自己的哲学模式，从很小的时候，我就试图找出自己必须处理的事情是什么。我想了解宇宙的一般结构，我想要决定，我是否仅考虑今生抑或是来世；我想知道我是否是一个自由的特工，我想弄清按照自己的意愿塑造自己的想法是否是一种幻觉；我想知道生命是否有任何意义，或者是否我必须努力给予它一个意义。于是我漫无目的地开始阅读了。

信仰与自由

第一个引起我注意的主题是宗教。在我看来，我需要决定的最重要的事情是：我所生活的世界是否是我唯一不得不考虑的地方，又或者，我是否必须将其仅看作是为来生做准备的试验场。当我写《人性的枷锁》时，我用了一章来描述男主人公失去了他成长过程中的信仰。本书的打字稿由一个非常聪明的女人来阅读，她人很好，对我很感兴趣。她告诉我这一章不够充分。于是我重写了这章，但我不认为我改进了多少。因为它描述了我自己的经历，我毫不怀疑我得出那种结论的理由是不够充分的。那些是一个无知男孩的理由，它们发自内心，而不是理智。父母去世后，我去和我当牧师的叔叔住在一起。他是一个没有孩子的五十岁男人，我敢肯定，把抚养一个小男孩的责任推到他身上肯定让他厌烦透顶。他早晚都念祈祷文，星期天我们去教堂两次。星期天是忙碌的一天。我叔叔总是说他是教区里唯一一个一周工作七天的人。事实上，他无所事事，把教区的工作留给了他的助理牧师和教会执事。但我很敏感，很快就变得很虔诚。我接受了我所学的东西，无论是在我叔叔的教区，还是后来在学校，我对此都深信不疑。

其中，有一点很快影响到了我。我在学校待了没多久，就通过我所受到的嘲笑和所遭受的羞辱发现自己的口吃是有多么不幸。我在《圣经》中读到，如果你有信心，你就能移山。我叔叔向我保证这是事实。有一天晚上，第二天要回学校了，我尽了最大的努力向上帝祈祷，希望他能消除我的口吃。这就是我的信念，我去睡觉时很确定，第二天早上醒来时，我就能像其他人一样说话了。我想象着那些男孩（当时我还在预科学校）发现我不再口吃时的惊讶。当我醒来时，心里充满了喜悦，当我发现自己像以前一样结结巴巴时，那真是一个可怕的打击。

我长大后去了国王学校。老师都是牧师，他们又愚蠢又暴躁，对我口吃的毛病很不耐烦，如果说他们没有完全无视我（我倒是情愿这样），他们就会欺负我。他们似乎认为口吃是我的错。不久后，我发现我叔叔是个自私的人，只在意自己的安逸舒适。附近的牧师有时会来叔叔的住处。其中一个人因为让他的牛挨饿而在郡法院被罚款，另一个人因为醉酒而不得不辞去圣职。我所被教导的是，我们生活在上帝面前，人类的主要任务是拯救自己的灵魂。我不禁看到，这些牧师都没有像他们布道的那样去做事。虽然我的信仰是狂热的，但无论在家里还是在学校，我都对那些强迫我去教堂的事情感到非常厌烦。但出于好奇，有两三次，我去了海德堡的耶稣会教堂（Jesuit Church）参加大弥撒（High Massa）。虽然叔叔对天主教徒有一种天生的同情（他是一名高教会信徒，在选举期间，他们在花园的栅栏上涂上了“此路通罗马”），但他毫不怀疑他们会下地狱。他相信永恒的惩罚。他憎恨教区里不信奉国教的人，并且认为国家容忍他们是件怪异可怕的事情。令他感到安慰的是，这些人也将遭受永远的诅咒。天堂是为英国国教的信徒保留的。我认为这是上帝的仁慈，让我在教会中长大。这就像生为英国人一样美妙。

但当我去德国的时候，我发现德国人和我一样，为自己是德国人而自豪。我听他们说英国人不懂音乐，莎士比亚只有在德国才能为人所欣赏。他们把英国说成是一个小店主之国，在他们看来，作为艺术家、科学家和哲学家，他们比英国人要高一等。这使我震惊了。在海德堡做大弥撒的时候，我不禁注意到那些把教堂挤得水泄不通的学生似乎非常虔诚。事实上，他们只是表面上对他们的宗教信仰就像我对我的宗教信仰一样虔诚。奇怪的是，他们居然能这么做，因为我知道他们的虔诚是假的，而我的是真的。我认为，我天生没有强烈的宗教情感，否则，以我的年轻气盛，我肯定会被那些与我有关联的牧师们的言行不一所震惊，以至于我就要开始怀疑了。不然，我很难想象，当时我这么一个简单的想法竟会对自己产生如此严重的后果。我突然想到我很可能是在德国南部出生的，然后我自然就会被当作天主教徒抚养长大。不是自己的过错却遭受永远的折磨，我发现这很残酷。我天生厌恶这种不公正的事情。下一步很容易，我所得出的结论是：信仰什么并不重要。上帝不能仅仅因为他们是西班牙人或霍屯督人就谴责他们。我本可以就此打住，如果我不那么无知，信仰十八世纪流行的某种形式的自然神论。但是，那些灌输给我的种种信仰相互纠结，当其中之一变得肆无忌惮时，其他的便纷纷参与。于是，整个可怕的信仰结构不是基于对上帝的爱，而是基于对地狱的恐惧，它就像纸牌搭成的房子一样轰然倒塌了。

无论如何，我已不再相信上帝，我感受到一种新的自由的喜悦。但我们不只是用自己的心去皈依信仰，在我灵魂的某个深处，还残留着对地狱之火的旧日恐惧，长久以来，我的狂喜被古老的焦虑阴影冲淡了。我不再相信上帝，但我骨子里仍然相信魔鬼的存在。

适合你的哲学才是好的哲学

当我成为一名医学院学生，进入一个全新的世界时，我试图摆脱这种恐惧。我读了很多书。它们告诉我，人类是一个受制于机械法则的机器。当机器停止时，人也就完了。我看到人在医院里死去，我那震惊的感觉证实了书本教给我的东西。我满足于相信，宗教和上帝的观念是人类为了生活的便利而演化构建出来的，代表着一度对物种生存有价值的东西（无论如何，我要说这种价值还存在），这必须从历史的角度加以解释，并且不能与真实事物相对应。我称自己为不可知论者，但在我的血液和骨子里，我把上帝视为一个凡是有理智的人必定会加以拒斥的假设。

但如果没有上帝把永恒的火焰交付于我，没有灵魂可以托付，如果我只是机械力量的玩物，生存斗争的推动力量，那我看不出别人教我的“善良”到底有何意义。我开始阅读伦理学。我认真地阅读了许多令人生畏的大部头著作。我得出的结论是，人们仅仅追求自己的欢愉，当他为了别人的利益而牺牲自己时，那只是一种幻觉，这使他自己相信他所追求的不是使自己得到满足。由于未来是不确定的，所以及时享乐是一种常识。我认为，对与错只是个字眼，行为准则不过是人们为自己的自私目的而制定的惯例而已。自由的人没有理由遵循这些准则，除非为了满足个人的便利。我那时有一种喜欢用格言警句的倾向，而且当时这也是一种风尚，于是，我把自己的信念用一句话表述出来，并对自己说："随你的意愿去吧，要适当考虑拐角处的那个警察。"到我二十四岁时，我已经建立了一个完整的哲学体系。它基于两个原则：事物的相对性和人类的圆周性。从那时起，我就发现第一个原则并不是一个原创的见解。也许另一种原则意义深奥，但即使我绞尽脑汁，这辈子也想不出它到底意味着什么。

有一次，我读了一个小故事，非常喜欢。它可以在安纳托尔·法朗士的《文学生活》（*La Vie Littdraire*）的一卷中找到。那是多年前的事了，但它一直在我的记忆中：有一个年轻的国王，他焦急地想要公正地治理好自己的国家，于是，派人请来国家中的智者，并命令他们收集世界各地的具有智慧的书，以此，他可以读这些书，学会如何更好地做一个国王。三十年后，这些智者带着一群骆驼，驮着五千册大书回来了。他们告诉国王，这里收集了智者们从人类历史和命运中学到的一切知识。但国王沉浸在国事中，不能读那么多书，所以就命令他们去把这些知识压缩成更少的数量。十五年后，他们回来了，骆驼驮着五百本书。对于这些书卷，智者告诉国王，他能从中找到世间所有的智慧。但仍是过多，国王就再次打发他们回去。十年过去了，他们回来了，这次他们只带了五十本书。但是国王又老又累。他现在甚至连这点书都没时间阅读了，他命令智者们再次减少书的数量，只给他一个人类知识摘要的单卷，以使得他最终能学到对他来说很重要的东西。他们走了，开始工作，五年后回来了。当他们最后一次来到这里，把他们的劳动成果交给国王时，他们已经是老人了。国王也快死了，他再也没有时间读他们给他带来的那一本书了。

我所寻找的就是这样的一本书，它能回答所有困扰我的问题，如此一来，一切问题都能得到一劳永逸的解决，我就可以不受任何阻碍地追求自己的生活模式了。我读了又读，从古典哲学家转向现代哲学家，认为在他们之中，也许我能找到我想要的东西。而哲学家们之间意见也不太一致。我发现，他们作品中的批判部分令人信服，但对于建设性的部分，尽管我经常看不到其缺点，却意识到，它们没法使我接受。这种印象使我想到，尽管哲学家们有学问、逻辑、派别，他们接受这样或那样的信念，不是因为理性的引导，而是因为性情的迫使。否则，我就无法理解，在经历了这么长时间之后，他们彼此之间如何产生如此深刻的差别。我不知道在哪儿读到，费希特（Fichte）曾说过，一个人的哲学取决于他是一个什么样的人。我突然想到，也许我在寻找一种找不到的东西。在我看来，哲学中不存在每个人都可以接受的普遍真理，但只存在一个真理，即与每个人的个性相一致的真理。那么对我来说，唯一的一件事就是缩小搜索范围，寻找一些其哲学体系与我相适应的哲学家，因为这位哲学家与我是同一类人。他所给出的用于解决我困惑的问题的答案，必须使我满意，因为它们是符合我性情的唯一可能的答案。

有一段时间，我深为实用主义者所吸引。英国著名大学的学者们写了不少形而上学的著作，然而我并没如期望的那样从中受益。在我看来，他们似乎太绅士了，不可能是很好的哲学家。我不禁怀疑，他们有时会因为怕冒犯与他们有社交关系的同事的脆弱情感，而无法进行合乎逻辑的论辩。实用主义者精力充沛，他们非常活跃。其中最重要的哲学家都文笔不错，我无法彻底理解的问题，在他们笔下显得简洁明了。但是，尽管我很愿意相信，我却不能使自己像他们那样相信，真理不过是我们为满足自己的实际需要而创造的。我认为所有知识都是基于感性体验的，在我看来，这种感性体验似乎是上天赋予的，无论是否合适，都必须接受。如果“相信上帝存在”能给予我安慰，那上帝就是存在的，对于这个论点我也不会觉得舒服。我对实用主义者不再感兴趣了。我发现柏格森读起来很好，但令人难以信服。在贝奈戴托·克罗齐（Benedetto Croce）身上，我也没有发现任何与我目的相符的东西。另一方面，我发现伯特兰·罗素（Bertrand Russell）是一位使我非常满意的作家。他的作品很容易理解，英语也很好。我怀着钦佩之情拜读他的著作。

我非常愿意接受他作为我的寻找向导。他具有世间的智慧和常识。他能容忍人性的脆弱。但我及时发现，他是一个对这条路没有什么把握的向导。他心绪不宁，就像一个建筑师，当你想要一所房子住的时候，他先说服你用砖块建造它，然后在你面前摆出一堆不错的理由，说明它为什么应该用石头建造。但当你同意了，他就会以同样好的理由，来证明唯一能使用的材料是钢筋混凝土。与此同时，你却没有一个栖身之所。我在寻找一种哲学体系，就像布拉德莱的哲学体系一样，既前后一致又自成体系。在这种体系中，一个部分必然依附于另一部分，这样，任何东西都无法改变，除非整个体系崩溃。这是伯特兰·罗素给不了我的。

最后我得出的结论是，我永远找不到我想要的那本完整而又令人满意的书，因为那样的书只能是我自己的一种表达。因此，与其说是出于谨慎，不如说是出于勇气，我下定决心，一定要为自己而写这本书。我找出了大学生要取得哲学学位的必读书目，然后苦读了一遍。我想，这样我至少应该为自己写书打下一个基础。在我看来，我四十年（当有这个想法时，我四十岁）里学习积累的关于世界的知识，以及正准备花几年的时间勤奋研读哲学文献，使我应该有能力去写我心中所构想的那本书。我意识到，这本书除了对我自己，其价值不过如此：它可能为一个善于思考的人勾勒出一幅其“灵魂”（找不出一个比这更好的词）的清晰画像，与通常被归于专业哲学家的那些人相比，他的生活更充实，人生体验也更丰富。我很清楚，自己没有形而上学的思辨天赋。我想从各处汲取理论，不仅满足我的思想，而且还能满足比我的思想更重要的东西——所有的本能、情感和根深蒂固的偏见（这些偏见如此紧密整合，以至于很难将其与本能区分开来），并且用这些理论创造出一个对我有效的哲学体系，使我能够追寻自己的人生道路。

但我读的书越多，这个问题对我来说就越复杂，我就越意识到自己的无知。那些哲学杂志使我感到特别沮丧，在这些杂志里，我发现一些主题讨论得极为详尽，显然这些主题很重要，但这对仍在哲学黑暗中摸索的我来说，却显得有些琐碎。他们处理主题的方式、逻辑工具、每一个观点被论证或反驳时的谨慎、每个作者在初次使用时所定义的术语、引用的权威，都向我证明了哲学无论如何都是专家之间要处理的事情，外行不太可能理解其中的微妙之处。我需要二十年的时间来准备写我构想的那本书，等到写完的时候，我可能会像安纳托尔·法朗士的故事里的国王一样，躺在将死的病床上，至少对我来说，我所付出的努力将不再有什么用了。

我放弃了这个想法，现在我所能展示的努力成果，就是当时写的一些杂乱无章的笔记。我不要求这些笔记甚至其中的文字有什么独创的地方。我就像一个用自己能找到的最好的东西装扮自己的流浪汉——仁慈的农妇给的裤子，从稻草人身上扒下的外套，从垃圾箱里翻出的不成双的靴子，还有路上捡到的帽子。尽管是一堆破衣烂衫，他却穿得很舒服，可能不好看，但他发现它们很适合自己。当他经过一位穿着考究的蓝色西装、头戴一顶新帽、皮鞋擦得锃亮的绅士时，他觉得绅士看起来高贵气派，但他不确定，自己若穿上那身整洁体面的华服，是否会像穿着破衣烂衫那样轻松自在。

精神与物质

当我读到康德时，我发现自己不得不放弃年轻时所崇尚的唯物主义和与之相伴的生理决定论。那时我还不知道把康德的体系批判的一无是处的那些反对意见，我在他的哲学中找到了一种情感上的满足。思考不可知的“事物本身”，令我兴奋不已。我对人类从表象构建的世界感到满意。它给了我一种特殊的解放感。我不同意康德的那句名言，即你应该这样做，你的行为可以成为普遍准则。我太过于相信人性的多样性，以至于不相信这种说法的合理性。我想，对一个人来说正确的事情，对另一个人来说很可能是错误的。就我个人而言，我多半想一个人待着，但我发现没有多少人愿意这样做，如果我让他们一个人待着，他们会认为我不友善、冷漠、自私。但是一个人不可能长期研究唯心主义哲学家而不接触唯我论。唯心主义总是在其边缘艰难生存。哲学家们像受惊的小鹿一样回避它，但其论辩又继续引导他们回到唯我论上。就我看来，他们之所以能逃避它，只是因为他们不愿追寻到底。唯我论是一种对小说家来说非常有诱惑力的理论。唯我论的主张也是作家的惯常做法。它的完整性和优雅性使其具有无限的吸引力。既然我不认为每一个读过这本书的人都会了解各种哲学体系，那么，如果我简单地说一下什么是唯我论，内行的读者也许会原谅我。唯我主义者只相信自己和自己的经验。他创造的世界是他行动的舞台，他创造的世界是由他自己、他的思想和情感组成的。除此之外，什么也没有。一切可知的事物，所有经历的事实，都是他的头脑中的一个概念，没有他的头脑，这种概念就不复存在。他不可能也没有必要假定自己以外的任何东西。对他来说，梦想和现实是一体的。生活是一个梦，在这个梦中，他创造出的事物出现在他的面前，这是一个连贯而又一致的梦。当他不再做梦时，这个世界，连同其美丽、痛苦、悲伤和难以想象的多样性，也就停止了。这是一个完美的理论，只有一个缺点：它不可信。

当我满怀雄心壮志，想要写一本关于这些问题的书时，我想自己必须从头开始，于是我学习了认识论。我发现自己研究的所有理论都不太有说服力。在我看来，普通人（即哲学家蔑视的对象，除非碰巧他们的观点与哲学家一致，在这种情况下，他们就会被认为很有价值）没有能力判断他们的价值，也许有权选择最能满足他先入为主的观念的理论。如果一个人不愿意放弃自己的判断，在我看来，这个理论似乎有很大的合理性。它认为，除了某些基本信息（他们称之为“给定信息”）以及他们推断出来的其他人存在的思想之外，人类什么也不能确定。他们所有的知识都是虚构的，是他们为了方便生活而设计的思想建构。在进化的过程中，他们必须适应不断变化的环境，他们用各处撷取的片段拼绘出了一幅画卷，因为它们符合自己的目的。这是他们所了解的现象世界。现实只不过是他们提出的作为其诱因的假设。他们也可能会用其他的片段，组合成另一幅画面。这个不同的世界将会和我们想象中的已知世界一样连贯和真实。

我们很难说服一位作家，让其相信身体和思维之间不存在关系。福楼拜在写爱玛·包法利（Emma Bovary）自杀时，所描述的砷中毒症状的经历，只不过是小说家经历的一个极端例子。大多数作家在写作时，会感到发冷、发热、疼痛、苦恼、恶心。反过来，他们也意识到自己许多最称心的作品，都是在自己身体呈病态的状况下创作出来的。了解到许多最深挚的情感，许多似乎直接来自上天的思考，都可能是由于缺乏锻炼或者肝功能不良，他们就免不了以某种讽刺的眼光看待他们的精神体验。这或许是件好事，因为这样他们就可以管理和运用这些体验。

在我看来，哲学家们为考虑普通人而提出的关于物质和精神之间关系的各种理论中，最令我满意的仍然是斯宾诺莎的观点，即实体思维和实体外延是同一种实体。当然，如今为了方便起见，人们称其为能量。如果我没有误解的话，伯特兰·罗素在提到中性材质是精神和物质世界的原材料时，用他现代的方式表达了一种相似的观点。我试着给自己描绘一幅这样的画面，我看到精神，就像一条穿过物质丛林的河流，但是河流是丛林，丛林又是河流，因为河流和丛林是一体的。生物学家未来在他们的实验室里能够创造生命，这似乎并非不可能，那时我们可能会对这些问题有更多的了解。

关于罪恶

普通人对哲学的兴趣在于其实用性。他想知道什么是生命的价值，他应该如何生活，以及他可以赋予宇宙什么意义。哲学家们纷纷后退，拒绝对这些问题给出哪怕只是尝试性的答案，他们这就是在逃避自己的责任。现在，普通人面临的最紧迫的问题就是罪恶的问题。

很奇怪的是，当他们谈到罪恶的时候，哲学家经常以牙痛为例。他们公正地指出你感觉不到我的牙痛。他们受庇护的安逸生活似乎是折磨他们的唯一痛苦，人们几乎可以得出这样的结论：随着美国牙科技术的进步，整个问题就可以理所当然地搁置不管了。有时候我想，如果哲学家在获得学位，使他们得以把智慧传授给年轻人之前，他们得在大城市的贫民窟里做一年的社会服务，或者靠其体力劳动去谋生，这将是一件非常好的事情。如果他们曾经看到一个孩子死于脑膜炎，那他们将会以别样的眼光看待与他们自身相关的一些问题。

如果这个主题不是如此切合当下，在读《现象和实在》(*Appearance*

and Reality）中关于罪恶的章节时，我们很难不带有嘲讽的意味。它的绅士派头令人生畏。它给你的印象是，看重罪恶确实非常有失体统，尽管必须承认其存在，但对它大惊小怪则显得不合理了。无论如何，罪恶都被过度夸大了，很明显，其中也有很多好的成分。布拉德莱认为总体上没有痛苦。事物的“绝对性”会更加丰富，因其包含了所有的不和谐和多样性。他告诉我们，就像在机器里一样，零部件的阻力和压力促成了最终目的的实现，这是任何单个零部件都达不到的，所以在一个更高的层面上，它可能是“绝对”的。如果这是可能的，那么它无疑是真实的。罪恶和错误有益于一个更为广泛的计划，并在这个计划中得以实现。他们扮演了一个更高层次的“善”的角色，在这个意义上，他们在不知不觉中就成为一种“善”。简而言之，邪恶是对我们感官的欺骗，仅此而已。

我曾努力地寻求其他学派的哲学家对这个问题的看法。这方面不是很多。也许，这方面没有什么可说的。哲学家们自然很重视他们能够详细论述的主题。在他们所说的那一点内容里，我很少能找到令我满意的东西。也许是我们所承受的罪恶教育了我们，使我们变得更好。但对事物的观察使我们不认为这是一个普遍规律，勇气和同情也许是很好的，可它们不可能在没有危险和痛苦的情况下存在。我们很难想象，用以奖励冒着生命危险拯救一个盲人的士兵的那枚维多利亚十字勋章，是如何安抚双目失明的他。施舍是慈善的表现，而慈善是一种美德，但这种善能弥补跛子因贫穷而犯下的罪恶吗？罪恶无处不在。痛苦和疾病，我们所爱的人的逝去，贫穷、犯罪、罪孽、受挫的希望……这些名单是无穷无尽的。哲学家们给出了什么解释？有人说，从逻辑上讲，邪恶是必要的，这样我们才能知道有善良；有人说，世界的本质是善与恶的对立，而善与恶在形而上学上是互相必需的。神学家们有什么解释？有人说上帝之所以在世间设置罪恶是为了训练我们；有人说，上帝把罪恶降临到人类身上，是为了惩罚他们的罪过。但我曾见过一个孩子死于脑膜炎，我只找到了一种对我的感受性和想象力同样有吸引力的解释，这就是灵魂轮回说。众所周知，它假定生命不是以出生为开始，也不是以死亡为结束，而是无穷生命轮回系列中的一个环节，并且每一个生命都是由之前存在的行为所决定的。善行能使人升天堂，恶行能使人下地狱。所有的生命都会有终点，甚至神的生命也不例外，快乐是从生命轮回的解脱而来，在永恒的涅槃中得到安息。如果一个人能认为自己生活中的罪恶不过是他前世错误的必然结果，那么他就不难忍受自己生活中的罪恶了；当有希望在来世中获得更大的快乐时，努力做得更好也就不那么困难了。但是，如果一个人以比别人更强烈的方式感受自己的痛苦（正如哲学家所说，我感觉不到你的牙痛），那么别人的痛苦就会引起他的愤怒。一个人对自己的痛苦有可能听之任之，但只有那些痴迷于“绝对”完美的哲学家，才能以平等的心态去看待别人那些有时不应有的痛苦。如果因果报应是真实存在的，人们则可以用怜悯而又刚毅的目光看待痛苦。强烈的厌恶变得不合时宜，生命中的痛苦不再是毫无意义，而这种痛苦无意义论是悲观主义没有回答的论断。很遗憾，我发现这种学说与我刚才谈到的唯我论一样不可信。

上帝是否存在

但我还没有说完罪恶。当你考虑上帝是否存在，以及如果上帝存在，他必须具有什么样的本性，那么问题就显得迫切了。就像其他人一样，我去读了物理学家们那些引人入胜的作品。我怀着敬畏之情凝望着那相隔遥远的星辰，以及星光为了到达我们而穿过的那浩瀚的时间。难以想象的广袤星云把我震撼了。如果我对所读到的东西能正确理解的话，我就必须这样假设：在一开始，宇宙的引力和斥力是平衡的，因此宇宙在数不清的年代里保持着一种完美的平衡状态。然后，在某个时刻，宇宙被扰乱了，它失去了平衡，就产生了天文学家告诉我们的宇宙和我们所知的小小地球。但是，是什么力量引发了最初的创造行为，又是什么打破了平衡呢？我似乎不可避免地被造物主的概念所吸引，那么，除了一个全能的存在，还有什么能创造这个浩瀚巨大的宇宙呢？但是世界上的邪恶迫使我们得出这样的结论：这个存在不是全能的，也不是全善的。一个全能的神也许应该为世间的邪恶受责，而赞美他、崇拜他似乎是荒谬的。但心智和情感却反对上帝并非万能的概念。于是，我们被迫接受一个并非无所不能的上帝的假设：上帝自己并没有解释他自己的存在，也没有解释他所创造的宇宙的存在。

当你阅读世界伟大宗教赖以创立的资料文献时，你会惊奇地发现，后续年代的人们对这些资料文献都进行了过多的解读。他们的教导，他们的例证，创造了一个比自己更伟大的理想典范。当我们受到华丽的赞美时，大多数人会觉得很尴尬。奇怪的是，虔诚的人认为，当他们奴性地把自己交给上帝时，上帝会高兴的。当我年轻的时候，我有一个上了年纪的朋友，他经常让我陪他住在乡下。那个朋友是一个信教的人，他每天早上都会为聚集在一起的家人祈祷。但是他用铅笔把《公祷书》（*Book of Common Prayer*）中赞美上帝的所有段落都划掉了。他说，再没有比当面赞美别人更粗俗的事了，而且他自己也是个绅士，他不能相信上帝是那么没有绅士风度而喜欢这样。当时我觉得这是一件奇怪的事情。现在我想我的朋友表现出了很好的判断力。

人类有激情，也软弱，愚蠢，可怜。让其承担像上帝的愤怒这样大的事情似乎很不合适。原谅别人的罪过并不难。当你设身处地替他们想时，通常很容易看出是什么促使他们做了不该做的事情，也容易为他们找到借口。当人受到伤害时，都会有一种愤怒的自然本能，从而导致他采取报复行动，在涉及自己的事情上，很难采取一种超然的态度。但是，稍微反思一下，就能从旁观者的角度来看待这种情况，付诸实践，原谅别人施加于自己的伤害就不是太困难了。而原谅一个人对他人的伤害则要困难得多，这确实需要一种非凡的心力。

每个艺术家都希望人们相信他，但对那些不接受他所提供的信息的人，他也不会生气。上帝没有那么理性。他渴望得到别人的信仰，你可能会认为他需要你的信仰，才能确认自己的存在。他承诺对相信他的人给予回报，威胁给予不相信他的人可怕的惩罚。就我而言，我不会信仰一个因为我不相信他就迁怒于我的上帝。我不会信仰一个还没我宽容的上帝，我不会信仰一个既没有幽默感又没有常识的上帝。普鲁塔克（Plutarch）很久以前就把这件事说得很清楚了。他写道："人们说起我时，我倒是宁愿他们说，这个世界上从来没有过普鲁塔克，现在也没有，也不愿让人说普鲁塔克是个反复无常、善变的人，容易动怒，对微不足道的挑衅充满报复心，为小事而恼怒。"

尽管人们把连自己也为之痛惜的不完美归于上帝，但是这并不能证明上帝不存在。它只证明了人类所接受的宗教不过是些通往无法穿越的丛林的死路，没有一条通向大奥秘的核心。为了证明上帝的存在，已经有人提出了各种论点。在我简短地考虑这些论点时，我希望读者能对我有些耐心。其中一个假设是：人类有种完美存在的观念；既然完美包括存在，那么完美的存在就必须存在。另一个假设认为，每个事件都有起因，因为宇宙的存在必须有一个起因，这个起因就是造物主——上帝。第三种是来自"设计"的论证，康德称之为最清晰、最古老的和最适合人类的理性。休谟的伟大对话中的一个人物是这样表述的："自然的秩序和安排，最终起因的不寻常调整，每个部分和构件的明确用处和意图，所有这一切，都以最清晰的语言，表明它们是智慧的起因，或是由造物主创造。"但是康德得出结论说，赞成这一论点的人并不比赞成另外两个论点的人多。在这些假设的基础上，他提出了另一个观点。简而言之，其大意是：如果没有上帝，我们就不能保证责任感，即以自由和真实自我为前提的责任感，不是一种幻觉。因此，在道德上讲，必须相信上帝。人们普遍认为，这种论点的提出，是由于康德和蔼可亲的性情比他的精妙才智更可信。在我看来，这种论点比其他任何一个都更有说服力，但如今已不大有支持者了，这就是所谓的“民众共识”（Public consensus）。它主张，所有的人类，从其最遥远的本源起，就对上帝产生某种信仰，这种信仰已经与人类一起成长，被最聪慧的人——东方的圣人、希腊的哲学家、伟大的经院哲学家所接受，我们很难相信这样一种信仰会没有事实基础。在许多人看来，这似乎是一种本能，除非这种本能得到满足，否则它可能（只能说，它“可能”，因为它远非确定）就不存在了。经验表明，一种信仰的盛行，无论其持续了多长时间，都不能保证它的真实性。这样看来，任何关于上帝存在的论点都是站不住脚的。当然，不能因为你无法证明上帝的存在，就否认他的存在。敬畏感，人类的无助感，以及他与整个宇宙和谐相处的渴望依然存在。这些是宗教的来源，而不是对自然或祖先、魔法或道德的崇拜。我们没有理由相信，自己所渴望的东西一定存在，但如果说我们没有权利相信自己无法证明的东西，就有点严苛了。即使意识到自己的信仰缺乏证据，我们也没有理由不去信它。我想，如果你的本性是这样的，你想在自己的磨难中得到安慰，想要一种支持和鼓励你的爱，你就不会寻求信仰的证据，也不需要证据。你的直觉就足够了。

神秘主义是无法证明的，实际上只需要一种内存于心的信念。神秘主义不依赖于各种信条，因为它从所有信条中汲取营养，它又是如此个人化，以至于满足了每一种特质。神秘主义是一种感觉，我们生活的世界只是精神世界的一部分，神秘主义从中获得其自身意义。这是一种对现世上帝的感知，上帝支持我们，安慰我们。神秘主义者如此频繁地讲述他们的经历，用如此相似的语言，我看不出一个人怎么能否认它的真实性。事实上，我曾经有过一次这样的经历，我只能用神秘主义者用来形容他们自己狂喜的话，来描述这次经历。我坐在开罗附近的一座废弃的清真寺里，突然感到，自己就像坐在曼雷萨（Manresa）河边顿悟的洛约拉的伊格内修斯（Ignatius of Loyola）一样欣喜若狂。我对宇宙的能量和重要性有一种无法抗拒的强烈感觉，以及一种与宇宙交融的亲密感、震撼感。我几乎可以说自己感觉到了上帝的存在。毫无疑问，这是一种相当常见的感觉，而神秘主义只有在其结果中清楚地看到它的影响时，才会谨慎地赋予其价值。我认为，这种感觉可能是由宗教以外的其他原因引起的。圣人们自己也愿意承认艺术家们可能拥有这种感觉，正如我们所知，爱可以创造出一种非常相似的状态，以至于神秘主义者发现，自己往往也会使用情人们的词句，来表达“至福”（beatific vision）的异象。你有一种强烈的感觉，你曾经在过去的一段时间里经历了你正在经历的东西，我不知道感受到上帝的存在是否比这种情况更神秘，心理学家对此还没有解释。神秘主义者的狂喜是真实的，但这种狂喜只有对他自己才是正当合理的。神秘主义者和怀疑论者都同意，在我们所有的才智努力结束后，仍然有一个巨大的谜团。

面对这一切，我对宇宙的伟大感到敬畏，并对哲学家和圣人们所讲述的事情感到不满足，于是有时候我会忍不住往回追溯，越过穆罕默德（Mohammed）、耶稣（Jesus）和佛陀（Buddha），越过希腊诸神（gods of Greece）、耶和华（Jehovah）和太阳神（Baal），回到《奥义书》（*Upanisad*）中所说的梵天（Brahman）。这种精神（如果可以称之为精神的话），至少有一种可以满足想象力的庄严宏伟。它自我创造，不依赖所有其他的存在，尽管所有存在的东西都存在于这种精神之中，它却是所有生命中唯一的源泉。但我忙于文字太长时间了，难免会对其产生怀疑，而当我看到我刚刚写的那些文字时，禁不住觉得其意义的含糊缥缈。在宗教中，最重要的且是唯一有用的东西是客观真理。唯一有用的上帝是一位有个性的、至高无上的、善良的存在，就像二加二等于四一样，他的存在确定无疑。我无法理解这个秘密，我仍然是一个不可知论者，不可知论的实际后果是，你可以我行我素，就好像上帝不存在一样。

检验你所接受的信仰

信仰上帝并不是相信永生的必要条件，但要将两者彼此分开却是很困难的。即使是在那种期待人类意识脱离肉体并融入一般意识的朦胧生存形式中，只有在你否认上帝的灵验或价值的情况下，才有可能拒绝上帝之名。实际上，正如我们所知，这两个概念是如此密不可分，以至于死后的生活一直被看作是上帝处理人类世事时最有力的工具。它为仁慈的上帝提供了回报善者的快乐，为具有报复性的上帝提供了惩罚恶人的满足感。关于永生的论据很简单，但除非上帝存在的前提首先为人们所接受，否则，即使不是毫无意义，这些论据也没有太大的力量。尽管如此，我还是要把这些论据列举出来。一个是基于生活的不完整性：我们渴望实现自我，但是事件的不可抗力和我们自身的局限性，给我们一种挫败感，这种挫败感将会在未来（抑或是来生）得以消弭。所以歌德虽然做了很多，但觉得他还有更多的事情要做。与此相似的是来自欲望的论证：如果我们能想象出永生，如果我们想要永生，这难道不表明它存在吗？我们永生的渴望只有在可能得到满足时才能为人们所理解。另一种观点坚持认为，当人们想到统治这个世界的不公正和不平等时，他们就会感到愤怒、痛苦和困惑。恶人像青翠的月桂树一样枝叶繁茂，正义则要求另一种生活，在这种生活中，有罪的人会受到惩罚，无辜的人会得到回报。罪恶只能在来世得到善的补偿时才会被宽恕，而上帝自己也需要永生来证明他对人类的引导是正确的。还有一个唯心主义的论点：意识不能因死亡而湮灭。因为意识的湮灭是不可想象的，因为只有意识才能想象出意识的湮灭。它继而断言，价值观只存在于思想中，并指向一个崇高至上的思想，在那里，价值会被完全实现。如果上帝是爱，人对他来说就是价值，我们无法相信对上帝有价值的东西会被毁灭。但在这一点上，某种犹豫已经背叛了自己。共同的体验，特别是哲学家们的共同体验表明，许多人都不是什么了不起的人。永生这个概念太过宏大，对普通人来说，无法想象。因为他们太微不足道了，不应受到永恒的惩罚，也不配享受永恒的幸福。因此，有的哲学家就认为，那些有可能实现精神满足的人，在他们有机会达到他们所能达到的完美境界之前，将享受有限的生存，然后他们将欣然地接受灭绝，而那些没有这种可能性的人将立即万幸地被湮灭。但当我们去探究在这种情况下，那些少数被上帝拣选的人所拥有的品质时，我们就会不安地发现，那是哲学家们所拥有的为数不多的品质。然而，人们不禁要想，当哲学家的德行得到应有的回报时，他们将以何种方式来消磨时间，因为他们在地球上生活期间所面临的问题，想必已得到了充分的答案。我们只能猜想他们会从贝多芬那里学习钢琴，或者在米开朗琪罗的指导下学习水彩画。除非这两位伟人有很大的变化，否则他们会发现这两位都是性情暴躁的大师。

要检验你所接受的信仰的论断是否有说服力，一个很好的方法，就是问问自己，出于同样的考虑，你是否会从事有重要意义的实际工作。比如，你会仅凭道听途说就买下一套房子，而无须律师检查其产权房契，也无须检验员检验其排水系统吗？关于永生的论断，当你一个一个地考量时，都显得很无力，而当你把它们放在一起时，就不再令人信服了。它们很诱人，就像日报上的房产中介广告，但至少对我来说没有什么说服力。对我来说，我看不出，当意识的物质基础被摧毁时，它如何能持续存在。我非常确信，我的身体和思想是相互联系的，在我的身体之外，意识的任何存在形式，毫无例外都是我自身的存在形式。即使人们可以说服自己，认为“人类的意识存在于某种普遍的意识里”的说法有其真实性，也只能得到一点安慰，从而满足于“人类生存于自身所产生的精神力量里”这种观念，但这只不过是用一些空话进行的自我欺骗。唯一有价值的存在就是个体的完全存在。

如何立身处世

如果人们不考虑上帝的存在和生存的可能性，认为这太令人怀疑，不会对人们的行为产生任何影响，那么，他们就必须决定：生命的意义和用途究竟是什么？如果死亡能结束一切，如果我既不期待好事降临，也不惧怕邪恶，那么，我必须问问自己，我来这里是为了什么，以及在这些境况下，我该如何立身处世。其中一个问题的答案是显而易见的，但这个答案却很令人不快，使得大多数人都不愿去面对它，即：生命没有理由，生命也没有意义。我们在这世间，是旅居在一颗小行星上的匆匆过客，它围绕着一颗小恒星旋转，而这颗小恒星只是无数星系之一中的一员。也许，只有我们居住的这颗行星能维持生命，也许，在这广袤宇宙的其他部分，其他的行星已经形成了一个适合某种物质存在的环境，而我们人类，就是这种物质经由漫长的时间历程，创造演化而来的。如果天文学家告诉我们真相，这颗行星最终会达到一种状态，即生命不再存在于其上，而宇宙也将达到其末日平衡的最终阶段，那时，不会再有任何事情发生。而在很多个亿万年之前，人类早已经消失了。那么，我们可能再去考虑“人类曾经存在过”是否重要吗？人类将是宇宙历史上毫无意义的一章，就和记录远古时期地球上那些怪物的生活故事那章一样。

我必须问自己，这一切，对我有什么意义，如果我想充分利用我的生命，尽我所能实现我的价值，我该如何去应对这些情况。在这里，不是我在说话，而是我内心的渴望，它存在于每个人身上，是一种坚持自我的渴望；这是一种我们所有人从远古能量中继承而来的自我主义，在不可知的过去，这种能量首先开启了星球的转动；这是一种存在于每个生命并维持其生命的自我肯定的需要。这就是人类的本质。它的满足，就是斯宾诺莎告诉我们的自我满足，这是我们所能期望的最高境界，“因为没有人会为任何目的而去努力保持自我”。我们可以假设，人类内在的意识被点燃，作为一种工具，使其能够处理他和环境的关系，但在很长一段时间里，它只是处理人类实践中的一些重要问题，并未得到其所需要的更高发展。但随着时间的推移，意识似乎已经超出了人类的即时需求，而且，随着想象力的增长，人类的生存环境不断拓展，直至包含那些不可见的事物。我们知道，人类是以怎样的答案，来满足自己那时所提出的问题。人类内心燃烧的能量是如此强烈，使得其毫不怀疑自己的重要性；人类的自我主义是如此包罗万象，使其无法想象，有一天人类也可能会灭亡。对许多人来说，这些答案仍然令人满意。它们赋予生活以意义，给人类的虚荣心以慰藉。

大多数人很少思考。他们接受自己在这个世界上的存在。像奴隶一样盲目奋斗是他们主要的动力，他们如此这般地努力以满足其自然的冲动，当这种努力减弱时，他们也就像蜡烛的微光一样熄灭了。他们的生活纯属本能。也许他们的智慧更伟大。但如果你的意识发展到了某种程度，你发现某些问题压迫着你，并且你认为这些问题以前的答案是错误的，你会怎么做？你会给出什么样的答案？对于这些问题，至少对一个问题，两个迄今为止最聪明的人，给出了他们自己的答案。而当你看这些答案的时候，它们的意思几乎是一样的，我不确定这些答案是否真的有分量。亚里士多德曾说过，人类活动的终点就是正确的行动。歌德说，生命的秘密就是活着。我想歌德的意思是，当人类达到自我实现的时候，他就充分利用了他的生命；他并不十分尊重那种由一时的冲动和无法控制的本能所支配的生活。自我实现使你拥有的一切能力达到至高至美，使你能从生命中获得所有可以得到的快乐、美丽、情感和兴趣。但是，自我实现的困难在于，别人的要求不断限制着你的活动，而道德家们被这一理论的合理性所折服，却又害怕其后果，他们因此用了大量的笔墨来证明，在牺牲和无私中，一个人最能完全地实现自我。这当然不是歌德的意思，似乎也并不正确。很少有人会否认自我牺牲是一种独特的快乐，只要它提供了活动的新领域和发展自我新的一面的机会，它就具有自我实现的价值。但是，如果你自我实现的目标，仅仅是不妨碍其他人在同一件事情上的努力，你就不会走得很远。这样的目标需要极度冷酷和自我的专注投入，这会令别人恼怒不快，因此也常常使其显得愚蠢荒谬。正如我们所知道的，许多与歌德接触过的人，都对他那冷淡的自我主义感到愤怒。

决定论

对那些比我聪明得多的人，我不应该满足于跟随他们的脚步，这可能会显得有些傲慢。尽管我们彼此很相似，但我们都不是完全一样的人（我们的指纹就已经表明这一点），我也没有看到有什么理由不选择自己的道路。我一直在寻找一种自己的生活模式。我想，这可以被描述为一种自我实现，但又带有一种强烈的反讽感。我应该在糟糕麻烦中尽力而为。我在本书开头谈到这个主题时，我回避了一个问题，但现在这个问题又出现了，如果我不能再逃避，我只能后退。我意识到，我已经处处把自由意志视为理所当然。我说话的口气，就好像我有能力随心所欲地塑造自己的意图和指挥自己的行动。在其他地方，我说话时又好像我接受了决定论。如果我写的是一部哲学著作，那么这种犹豫不决的态度将是可悲的。我不做这样的自吹自擂。但是，作为一个业余爱好者，我又怎么能解决一个连哲学家们都还在争论不休的问题呢？

不再去探究这个问题，似乎是明智之举，但这个问题却恰恰是小说家们特别关注的。因为作为一个作家，他发现自己被读者强迫着做出刻板的决定。我在这之前就指出，观众是多么不情愿接受舞台上的冲动行为。现在冲动仅仅是一种行动的强烈欲望，行动者并未意识到其动机。它类似于直觉，是你在没有根由的情况下做出的判断。但是，尽管冲动也有其动机，因为不明显，观众们不会接受。看戏的人和读书的人都坚持要知道行动的原因，除非理由具有说服力，否则他们不会承认它的可能性。每个人的行为都必须与他的性格相称。这意味着作家根据他对观众的了解，必须按照观众所期望的那样去做。为了说服他们毫不犹豫地接受现实生活中的巧合和意外，作家必须得用点计谋。对个人来说，他们是决定论者，用个人顽固的偏见来藐视一切的作家，是不会成功的。

但当我回顾自己的生活时，我不禁注意到，在那些对我产生了重要影响的因素中，有多少可以归因于纯属偶然的环境。决定论告诉我们，人们在做选择时，总是遵循动机最强和阻力最小的原则。我没有意识到自己总是遵循最小阻力原则，而如果我遵循最强的动机，那这个动机就是我逐渐发展而成的观念。用下棋做比喻，虽然显得有点陈词滥调，但用在这里却非常贴切。拿到棋子，我就必须接受每个棋子的走棋规则，我必须接受和我对弈的人的每一步棋。但在我看来，我似乎有能力按照自己的好恶和看似完美的着数，随心所欲地行棋运子。我似乎不时地能做出一番并不完全确定的尝试。如果它是一种幻觉，那也是一种有效能的幻觉。我现在知道，我的走棋着数常常是错误的，但在某种程度上，它们却往往会走到目标终点。我希望我没有犯太多的错误，但我不会为此感到遗憾，我现在也不会让这些错误消失。

宇宙万物合力引发我们的每一个行为，其中自然包括我们所有的想法和欲望，这种观点，在我看来并非不合理。但是，一个行为，一旦被实施，从永恒角度来看，其是否是必然的，只有在你已经断定是否存在布罗德博士（Dr. Broad）称之为的“因果原本”（casual progenitors）时才能做出判断，而这其实也未完全确定。休谟很久以前就指出，因果之间并没有可以由思维感知的内在的联系。最近，通过观察某些显然无法确定起因的事件，不确定性原理（Principle of Indeterminacy）已对迄今为止科学所依据的定律的普遍效能提出了质疑。看来我们必须对“偶然”再次予以考量。但是，如果我们不受因果律的约束，那么我们的意志就是自由的，这也许不是一种幻想。主教和大学的院长们都抓住了这个新概念，仿佛这是魔鬼的尾巴，他们希望借此把老魔鬼拉回来现形。无论如何，在主教的宫殿里，即使不是天堂，也会有很多的欢乐。也许赞美诗唱得太早了。值得记住的是，当今最杰出的两位科学家，对海森堡（Heisenberg）的原理都持怀疑态度。普朗克（Planck）表示，他相信进一步的研究将会扫除这一异常现象，而爱因斯坦（Einstein）则将基于此的哲学思想描述为“文学”。我想这只不过是在委婉地表示，他们是胡说八道。物理学家们自己也告诉我们，物理学正在取得迅速的进展，只有通过仔细研究期刊文献才能了解其最新发展。基于如此不稳定的科学所提出的原则来创建一种理论，无疑是草率的。薛定谔（Schrödinger）本人也表示，目前不可能对此事做出最终和全面的判断。普通人保持中立是合乎情理的，但使自己或多或少地站在决定论那一边，或许是谨慎精明的。

年轻与衰老

生命的力量是蓬勃旺盛的。生命力所带来的喜悦抵消了人们所面临的一切痛苦和艰辛。它使生命变得有价值，因为它在内部起作用，用自己明亮的火焰照亮每一个人的生存环境，使人们似乎可以忍受这种在别人看来无法忍受的处境。很多的悲观情绪是由于把自己处在他人的位置，并把自己的感受赋予他人时而产生的。正是这一点（以及其他许多因素）使小说显得如此虚假。小说家在自己的私人世界之外构建了一个公共世界，并赋予想象中的人物一种敏感性、一种思考的力量和一种情感能力，这都是他自己所特有的。大多数人缺乏想象力，对那些想象力丰富的人所无法容忍的环境，他们并不以为很苦。以缺乏隐私为例，在我们这些珍视隐私的人看来，贫穷的生活是非常可怕的。但在非常贫穷的人看来，情况似乎并非如此。他们讨厌独处，群居生活给他们一种安全感。同他们生活在一起的人都会注意到，他们对富足的生活根本不含羡慕之情。事实上，他们并不想要那些在我们其他人看来必不可少的东西。这对富人来说是幸运的。因为他看不到大城市底层无产阶级生活中的悲惨和混乱。人们应该无事可做，工作应该如此枯燥乏味，他们及其妻子儿女都生活在饥饿的边缘，到头来除了穷困别无奢望——这是很难让人接受的事实。如果革命能弥补这一点，那么就让革命来吧，来得快些吧！当我们看到，甚至在我们习惯上称之为文明的国度里，人们仍然残酷地相互对待时，那么认为现在的国家比以往任何时候都好，就未免有些草率了。尽管如此，认为当今的世界，总体而言，比历史上其他时期更加宜居，绝大多数人的命运，尽管还很糟糕，但比以前要好得多，这种看法似乎并不愚蠢。人们可以合理地希望，随着知识的增长，随着许多残酷的迷信和陈腐习俗的摒弃，怀着一种强烈的仁爱之心，人类所遭受的许多罪恶将被消除。但是很多罪恶肯定会继续存在。我们是大自然的玩物。地震将继续肆虐破坏，干旱将继续毁坏庄稼，不可预知的洪水将继续毁掉人类精心设计的建筑。唉，愚蠢的人类将继续以战争的方式摧毁着国家。不适合在这个世上生活的人将继续出生，而生活将成为他们的一种负担。只要有人强，有人弱，弱者就会被逼得走投无路。所以，只要人类还有令人诅咒的占有欲（我敢说，这种占有欲是人生来就有的），他们就会从那些无力占有的人那里夺取到他们所能得到的东西。只要他们有一意孤行的本能，他们就会以牺牲别人的幸福为代价来行使它。总之，只要人还是人，他就必须准备好面对他所能承受的一切苦难。

邪恶是无法解释的。它必须被看作是宇宙秩序的必要组成部分。忽视它是幼稚的，为之悲叹也毫无意义。斯宾诺莎称“怜悯”是女人才做的事。这个说法出自那个温柔而严肃的人之口，未免有点刺耳。我想他的意思是，对你无法改变的东西，却抱有强烈的态度，是在浪费感情。

我不是悲观主义者。的确，我如果悲观，那是荒谬的，因为我是个幸运的人。我常常对自己的好运感到惊奇。我很清楚，许多比我更值得拥有的人，却没有经历过降临在我身上的那种幸运。一件又一件的意外发生，可能会改变一切，让我遭受挫折，就像那么多才赋如我或者比我更优秀的人，在机会均等的情况下，所遭受的挫折一样。如果他们当中有谁能有机会读到我写的这些文字，我要请他们相信，我并不是狂妄地把我所得到的一切都归因于我的优点，而是由于一些我无法解释的不可能的情况。尽管我身体和精神上都有缺陷，但我很高兴能活下去。我不会再过一次我的生活了。这也无所谓，我并不介意再经历一次我所遭受的痛苦。我已经历了太多的痛苦，远多于我从生活中享受到的乐趣。但如果没有身体上的缺陷，即拥有更强壮的身体和更聪敏的头脑，我不会介意在这个世界上再活一遍。现在岁月在我们面前展开，它看起来似乎很有趣。如今的年轻人带着我们那一代年轻人所没有的优势，步入了他们的生活。束缚他们的传统习俗越来越少，他们已经懂得了青春的价值。我二十多岁的时候就像是在过中年人的世界，年轻是一段需要尽快度过的时期，这样才能达到成熟。今天的年轻人，至少在我所处的那个中产阶级，似乎比以前准备得更好。他们现在被教授了许多对他们有用的东西，而我们那时则必须尽自己最大的努力去学习。异性之间的关系也比以前更为正常。现在，年轻的女性已经学会成为年轻男性的伴侣。我这一代（目睹女性的解放的一代）所要面对的困难之一是：女性不再年纪轻轻就成为家庭主妇和母亲，生活中除了男人，她们还有自己感兴趣和特别关注的事情，还试图参与她们并没有能力应对的男性事务。她们满足于把自己看得不如男性，却要求得到其应有的关注，同时，她们坚持自己的权利——新争取到的权利，去参与所有的男性活动，尽管她们知道在这些活动中自己只是令人讨厌的累赘。她们不再是家庭主妇，却还没有学会做一个好的伴侣。对于一位年长的绅士来说，没有比这更令人赏心悦目的场景了：时下年轻、能干、自信的女孩，能负责办公事务，能打一场艰苦的网球赛，能以聪敏之心关心公共事务，她们懂得欣赏艺术，并准备自立，用洒脱、睿智而又充满忍耐的双眸来面对生活。

我绝对不会披上先知的外衣，但我认为，很明显，这些正走进舞台中央的年轻人一定期待经济变革，进而改变文明。他们不会知道，许多在战前正值壮年的人，在回顾那些岁月时想起的安逸舒适的生活，就像法国大革命的幸存者，在回顾旧政权体制时所想到的一样。他们不会知道“生活的甜蜜”（douceur de vivre）。如今，我们生活在大革命的前夕。我不怀疑，权利意识逐渐觉醒的无产阶级将最终在一个又一个国家夺取政权。我也一直感到惊讶，今天的统治阶级，面对这种势不可当的力量，他们宁愿继续做徒劳的挣扎，也不愿为了未来的任务而尽力去培训民众。这样当他们被剥夺了政权时，他们的命运才可能不会像俄国人那样惨。几年前迪斯累里就告诉过他们该怎么做。就我而言，我必须坦率地说，我希望目前的状况在我的有生之年一直持续下去。但我们生活在一个快速变革的时代，我可能还会看到西方国家屈从于共产主义的统治。一位我认识的俄国流亡人士告诉我，当他失去房产和财富时，他绝望极了。但两个星期之后，他恢复了平静，从此，再也不去想他被剥夺了什么。我不认为自己对各种各样的财产会有像他那样的依恋，以至于失去它们会感到长时间的遗憾。如果这种情况在我的世界里发生，我应该努力使自己适应。然后，如果我觉得生活无法忍受，我想，我不应该因缺乏勇气而退出那个自己再也无法尽情挥洒的舞台。我想知道为什么这么多人一想到自杀就唯恐避之不及。说自杀是懦弱纯属无稽之谈。只有在生活除了痛苦和不幸一无所有的时候，我才会认同一个人按自己的意愿去结束生命。普林尼不是说过吗？当一个人心甘情愿时，死亡的力量是上帝对于苦难中的人类最好的恩赐。我们暂且搁置那些认为自杀是有罪的，因为它打破了一种神圣法则的看法，我认为自杀让很多人愤怒，是因为它蔑视了生命的力量，通过蔑视这种最强的人类本能，自杀为人类延续自身的力量带来了一种可怕的自我怀疑。

在这本书中，我将以充分的轮廓勾勒出我想要画的图案。如果我还活着，我将会写其他的书，为了自我消遣，也希望能娱悦我的读者，但我不认为这些书会给我的设计添加任何必要的东西。房子已盖好了。还会有一些附属设施，譬如，一个可以欣赏美景的阳台，或者一个可以在盛夏时于其中冥想的凉亭。但是，如果死亡阻止了我建造这些附属设施，尽管那些拆房子的人可能会从讣告中得知我的死讯，并在下葬的次日就开始拆房，毕竟，这座房子已经建造起来了。

我期待着晚年的到来，并不沮丧。阿拉伯的劳伦斯（Lawrence）被杀时，我读到一个朋友写的一篇文章中提到，他习惯超速骑行摩托车，并怀有这样一种想法，如果一场事故结束了自己的生命，他还拥有可以完全支配自己的能力，免得年老体衰时受人冷眼了。如果这是真的，这就是那个奇怪而又有点戏剧化的人物的一大弱点。这表明他缺乏理智。因为完整的人生，完美的人生模式，应包括老年，以及青年和成年。早晨的美丽和正午的光辉都是好的，但是，如果一个人拉上窗帘，开上灯，是为了摒弃夜晚的宁静，那他就太愚蠢了。老年也有其乐趣，虽然与年轻人的乐趣不同，但也并不亚于他们。哲学家们总是告诉我们，我们是情感的奴隶，那么，把自己从情感的支配中解脱出来，难道是一件小事吗？愚人老了会愚钝，但其年轻时也聪明不到哪去。年轻人对于老年常常心怀恐惧，因为他认为当自己年老时，他仍然会渴望那些使他的青春多彩而充满激情的东西。他是错误的。的确，老年人再也爬不上阿尔卑斯山，再也不会和一个漂亮的女孩在床上嬉笑打闹；的确，他再也不能激起别人的情欲了。年老了，就可以从单相思的痛苦和嫉妒的折磨中解脱出来。嫉妒是一种经常毒害年轻人的东西，年老了，随着欲望的消退，嫉妒之心也会得以缓解。但这些都只是消极的补偿，老年也有积极的补偿。尽管听起来有些矛盾，但老年人确实有更多的时间。年轻的时候，我曾对普鲁塔克的说法感到惊讶，他说年长的卡托从八十岁才开始学习希腊语。我不再感到惊讶了。老年人愿意承担年轻人嫌耗时太长而回避的任务。到了老年，人的品位会提高，在欣赏艺术和文学时，可能就没有年轻时歪曲判断的个人偏见。老年人对自己的成就感到满足。他们从人类利己主义的束缚中解放出来，终于自由了，灵魂在倏忽即逝的瞬间欢欣愉悦，但并不要求它有所停留。它已经完成了自己的模式。歌德要求在死后还能“活”着，这样他就能意识到，自己在有限的生命中还没来得及去发展的那些方面。但他不是还说过，要想有所成就，就必须学会限制自己吗？当你读到他的生平传记时，你不禁为他在琐碎事务上浪费时间的方式而感到震惊。也许，如果他把自己限制得更谨慎一些，他就会把一切属于他特性的东西都充分发展出来，这样，他也许就会发现，自己不需要“来生”了。

关于死亡

斯宾诺莎说过，一个自由的人总是会想到死亡。没有必要细想它，但像许多人那样回避考虑死亡，则是愚蠢的。对这件事做出决断是很明智的。只有面对死亡，才能知道自己是否会害怕死亡。我经常试着去想象，如果医生告知我得了一种致命的疾病，而且所剩时日不多，我会有什么样的感受。我在自己的作品中，通过笔下的人物把这些感受说出来，但我知道，这样就把它们戏剧化了，我不确定，它们是否就是我应该真正感受到的那些。我认为自己没有很强的本能去掌控生活。我曾患过许多严重的疾病，但只有一次知道自己离死亡近在咫尺。那时我太累了，无力害怕，我只想结束挣扎。死亡是不可避免的，如何面对死亡并不重要。如果一个人希望自己不会意识到死亡的临近，并且足够幸运，能毫无痛苦地经历死亡，我认为这也无可厚非。

我一直过于生活在未来的希望之中，虽然未来于我而言已很短暂，但我仍无法摆脱这种习惯。我的心灵，带着某种满足，渴望在无限的未来岁月中，能完成自己努力描绘的蓝图。有些时候，我心中悸动着对死亡的渴望，我要飞向死亡，就像飞向爱人的怀抱。它带给我的激情震颤，犹如多年前生命所给予我的一样。我沉醉于死亡的想法。在我看来，死亡似乎给了我最终和绝对的自由。尽管如此，只要医生能让我的身体状况还过得去，我还是愿意继续活下去。我喜欢这个世界的精彩，我对将要发生的事情很感兴趣。我同时代的许多生命顺其自然的圆满，给了我不断反思的精神食粮，有时也证实了我很久以前所形成的理论。离开我的朋友，我会感到难过。我不能对那些我曾经引导和保护过的人的幸福漠不关心，但是，在依赖我那么久之后，他们应该享受自己的自由，无论这种自由将他们引向何方，都是很好的。我已经在这世界上的某个地方保持了很长时间的热度，我很高兴别人很快就会取代我。毕竟，一种范式的关键之处就是它应该被完成。当再添加任何一种东西都会破坏其整体设计时，艺术家就该收手了。

但现在，如果有人问我这个模式有什么用处或意义，我不得不回答：没有。所谓的模式只是因为我是一个小说家，从而给无意义的生活强加进的东西。为了自我的满足和愉悦，为了满足自己感觉像是那种有机体的需求，我已经按照一定的设计，改变形成了自己的生活：有开始，有中间，也有结局，正如我基于自己曾遇到过的人，创作出一出戏剧、一部小说或一个短篇故事一样。我们是先天的本性和后天的环境的产物。我没有制订出自认为最好的模式，甚至也没有做出我本喜欢的模式，而仅仅是看起来可行的模式。这世上肯定有很多比我更好的模式。文人们很自然会有种错觉，认为最好的模式是“农夫模式”：农夫们耕种、收获，享受劳作，享受休闲，享受爱情、婚姻、生儿育女，享受死亡。但我相信，我并不仅仅受到这种错觉的影响。当我看到农夫在其受到眷顾的肥沃土地上，无须过多劳作就会有丰饶的收获，在那里，个人的快乐和痛苦都是人类的自然产物时，我就觉得，完美的生活在那里被完美地实现了。在那里，生活就像一个美好的故事，从头至尾都沿着一条坚定、连续的主线铺开，延展。

关于真理

人类的自我主义使他不愿意接受无意义的生活，而当他不幸地发现，自己不再相信某种更强大的力量（人类自认为会促进这种力量的终结）时，他就会试图通过构建某些价值观并赋予其意义，而不仅仅是那些似乎只是提升其眼下幸福的价值观。岁月的智慧选择了其中的三个最有价值的——真、美、善。为了这些价值本身而追求，似乎给了生活某种意义。尽管这些价值也具有生物学意义上的效用，这一点几乎毋庸置疑，但它们表面上看起来的超然无私，会给人一种错觉，以为通过它们，人类就能摆脱人性的枷锁。这些价值的高贵增强了人类对自己精神意义的不确定感，但无论结果如何，对这些价值的追求似乎证明了人类的努力是正当的。这些价值是广袤沙漠中的绿洲，人类不知道自己旅途中其他的终点，于是就说服自己，无论如何，这些“绿洲”都是值得到达的，因为在那里，他会得到休息，会找到自己问题的答案。

我有一种想法，“真”能在这个列表中占有一席之地是出于修辞上的原因。人类赋予“真”以各种道德品质，如勇气、荣誉和独立的精神，这些品质确实常常通过人类对真理的坚持表现出来，但实际上它们却与真理毫无关系。人类发现这是一个自我肯定的大好机会，因此对坚持真理所付出的任何代价都不管不顾。但那时他的兴趣在于他自己，而不是真理。如果真理是一种价值，那是因为它是“真”的，而不是因为敢于把它说出来。但真理是判断的一种特征，因此人们会认为它的价值在于它所表征的判断，而不是真理本身。一座连接两个大城市的桥，比一座连接两块贫瘠土地的桥更重要。如果真理是终极价值之一，那么似乎没有人真正知道它是什么，这似乎很奇怪。哲学家们仍在为真理的意义争论不休，而相互对立的学说的支持者们则互相挖苦。在这种情况下，普通人必须听之任之，满足于普通人的真理。这很谦逊，因为其仅仅是对特定存在的断言。这只是对事实的赤裸裸的陈述。如果这是一种价值，人们必须承认，没有比它更容易被人忽视的了。伦理学著作列出了一长串真理可能被合理拒绝的场合，其实这些书的作者本可以省去这麻烦。古往今来的智慧早已决定，并非所有说出来的真理都是美好的。人类总是为了虚荣、舒适和利益而牺牲真理。他不是靠真理，而是靠伪装而生活。有时在我看来，他的理想主义，不过是努力在为满足其自负而虚构的小说上，加上真理的威望。

关于美

“美”的情况要好一些。多年来，我一直认为，只有美才能赋予生活以意义。一代又一代的人在地球上繁衍生息，其唯一的目的，就是时而出现一个艺术家。我认为，艺术作品是人类活动的最高产物，是人类所有苦难、无尽劳力和失意奋争的最终理由。因此，米开朗琪罗才可能在西斯廷教堂的穹顶上画上一些人物，莎士比亚才可能写出一些戏剧对白，济慈（Keats）才可能写出他的诗赋。在我看来，那无数的人活着、苦着，然后死去，但这是值得的。虽然后来我改进了这种夸张说法，把美丽的生活加入艺术作品中，而艺术作品本身就赋予了生命意义，但那仍然是我珍视的美。但这些观念我很早就放弃了。

首先，我发现美是一个句号。在我想到美好的事物的时候，我发现除了凝视和欣赏之外，我什么也做不了。它们给予我的情感是微妙细腻的，但我不能保有这种情感，也无法无限地重复它。世界上最美的东西最终还是会让我感到厌倦。我注意到，从那些更具尝试性的作品中，自己获得了更持久的满足。因为它们没有取得完全的成功，所以给了我更多发挥想象力的空间。在最伟大的艺术作品中，一切都实现了，我什么也不能给，而我躁动的心灵厌倦了那种被动的冥想。在我看来，美，就像一座山的顶峰，当你到达那里时，除了再下来以外，你什么也做不了。完美也有点索然无味。我们所有人的目标都是完美，但最好还是不要完全达到完美，这是生活中最具讽刺意味的事情。

我想，我们所谓的美，是指那些精神上的或者物质上的，通常是物质上的，能满足我们审美感的东西。然而，这句话所告诉你的，就像有人告诉你水是湿的一样。我读了很多书，想知道权威人士是怎么说的，让事情变得更明白一点。我与许多搞艺术的人熟络。我恐怕无论是从他们身上还是从书中，都没有学到很多使我受益匪浅的东西。我不得不注意到，有件最奇怪的事情就是，对美的判断没有持久性。博物馆里到处都是被某个时期最具艺术品位的人认为是美的展品，但现在我们看来却毫无价值。在我的一生中，我看到过“美”从不久前还很精美的诗画中蒸发殆尽，就像晨光前的白霜。尽管我们可能有些虚荣，但我们很难认为自己的判断就是最终的。我们认为美好的东西，无疑在另一代人中会遭到蔑视，我们所鄙视的东西也可能会受到尊崇。唯一的结论是，美与特定的一代人的需要有关，而以是否有“绝对的美”来检验我们认为美的事物是徒劳的。如果美是赋予生命意义的价值之一，那么它是一种不断变化的东西，是无法分析的，因为我们几乎无法去感受我们祖先曾感受到的那种美，就像我们无法闻到他们曾闻到的玫瑰芬芳一样。

我曾试着从美学作家那里寻找，人性中什么能使我们获得美的情感，这种情感到底是什么。说到审美本能，这已经是很平常的事了。这个词似乎使“美”在人类的主要原动力（比如饥饿和性）中占有一席之地，同时赋予了它一种特殊的品质，以迎合哲学对统一性的渴望。所以美学是从一种表达的本能、一种旺盛的生命力、一种神秘的绝对感以及其他一些我不知道的东西中衍生出来的。就我而言，应该说，这根本就不是一种本能，而是一种身心统一的状态，它部分基于某种强烈的本能，但又与人类的特性（这是人类进化过程的产物）以及人类生活的共同环境相结合。人类的审美本能与性本能有很大关系，这一点似乎从一些公认的事实中得到了印证，即那些拥有不同寻常的微妙审美意识的人，在性方面往往都不是一种正常的状态，而是偏向极端的，通常是病态的程度。在人的身心结构中，可能有某种东西使某些音调、节奏和颜色对人具有特殊的吸引力，因此，对于我们所认为的美的要素，可能有一种生理上的原因。但我们也会发现事物中的“美”，因为它们会让我们想起我们所爱过的东西、人或地方，或者让我们想起时光流逝所赋予的情感价值。我们发现事物之美是因为我们认识到它们，反之，我们发现事物之美也是因为它们的新奇让我们感到惊讶。这一切都意味着，通过相似或对比，联想在很大程度上进入了审美情感。只有联想才能解释“丑”的美学价值。我不知道有没有人研究过时间对美的创造的影响。我们对事物的了解越深，就越能看到事物中的美。更确切地说，后世的人们从中得到的喜悦，在某种程度上增加了它们的美。我想，这就是为什么有些现在似乎已经显现出美的作品，在最初呈现给世人的时候，却没有引起人们的注意。我觉得，济慈的诗比他写的那个时候更美。因为所有从这些美好诗歌中找到慰藉和力量的人对其倾注的情感，都丰富了它们的美。因此，我认为审美情感绝不是一件具体而简单的事情，而是一件非常复杂的事情，是由各种不同的，通常是不和谐的元素组成的。美学家说，你不应该被一幅画或一首交响乐所打动，因为它让你充满性欲的激情，或者让你想起一些被遗忘已久的情景，让你热泪盈眶，或者通过这种联想让你有一种神秘的狂喜。这种说法并没有什么益处。因为效果的确如此，而这些方面就像在平衡和构造上的客观满足一样，都是审美情感的重要组成部分。

一个人对一件伟大的艺术品的反应到底是什么？例如，当一个人看到罗浮宫里提香的《埋葬基督》（*Entombment*），或者听着《名歌手》（*Meistersinger*）里的五重奏时，他会有什么感觉？我知道自己的感觉是什么。这是一种兴奋，它给我一种欢欣的感觉，一种知性的感觉，但也充满了肉欲；一种幸福的感觉，在其中我似乎能辨别出一种力量感，一种从人类束缚中解脱出来的自由感。与此同时，我自己也感到了一种富于人类同情的柔情。我感到安适、平和，以及精神上的超然。的确，有时，看着某些图画或雕像，听着某些音乐，我的感情会如此强烈，以至于我只能用神秘主义者描述他们“与上帝合一”（union with God）时所用的词语来形容它。这就是为什么我认为这种与更大现实之间的交流，不仅是宗教的特权，而且可能通过祈祷和禁食以外的其他途径达到。我问自己，这种情感有什么用。当然，它令人感到愉悦，快乐本身也是美好的，但是其中有什么东西使之比任何其他的快乐都优越，说它是一种“快乐”似乎就贬低了其价值呢？杰里米·边沁（Jeremy Bentham）曾说过，一种快乐和另一种快乐一样好，如果快乐的总量相等的话，那么一个图钉和一首诗歌没什么两样。他这话难道不愚蠢吗？神秘主义者对这个问题的回答是明确的。他们说，狂喜是没有价值的，除非它能强化人的性格，使人更有能力做出正确的行动。它的价值在于其功效。

能长时间与具有审美情趣的人生活在一起，是我的幸运。我不是在说创作者。在我看来，那些创造艺术的人和那些欣赏艺术的人之间有很大的区别。创造者产生的原因是他们内心的冲动迫使他们把自己的个性外显形象化。如果他们生产的东西有美感，那也不过是一种意外，因为那很少是他们的特殊目的。他们的目的是使自己的灵魂摆脱压迫他们的负担，他们使用各种手段，他们手中的笔、颜料或者黏土，他们天生就有使用这些手段的能力。我现在所说的，是那些把思考和欣赏艺术作为生活要务的人。在他们身上，我几乎找不到值得钦佩的地方。他们虚荣自满，不善于处理生活中的实际事务，却蔑视那些以谦逊的态度履行其命运强加于他们的平凡职责的人。因为他们读了很多的书或看过很多的画，他们就认为自己比别人优秀。他们用艺术来逃避现实生活，愚蠢地蔑视普通事物，否认人类基本活动的价值。实际上，他们并不比吸毒者好到哪去，反而更糟，因为无论如何，吸毒者并没有把自己放在一个可以傲视其同胞的位置上。艺术的价值，就像神秘之道的价值，在于它的效果。如果艺术只能给人带来快乐，不管这种快乐有多少是精神上的，那也没有什么了不起，或者至少不会比一打牡蛎和一品脱蒙哈榭（Montrachet）葡萄酒更重要。如果这是一种安慰，那就足够了。这个世界充满了我们无法避免的罪恶，人应该有一些可供隐逸的地方，这样他就可以不时地远离尘嚣；但不是要去逃避，要积聚新的力量来面对它们。艺术，如果要被认作是人生的伟大价值之一，就必须教导人们谦逊、忍耐、智慧和宽宏大量。艺术的价值不在于美，而在于教化人以正其行。

如果美是人生的伟大价值之一，那似乎很难令人相信，使人们能够欣赏美的审美意识只是某一个阶层的特权。我们不可能坚持认为，某种只是被拣选的少数人才有的情感，对人类生活是必需之物。然而，唯美主义者就是这么认为的。我必须承认，在我愚蠢的年轻时代，我认为艺术（其中也包含了自然之美，因为我认为，实际上我现在仍然认为，大自然的美是由人类所创造的，就像他们创造图画或交响乐一样）是人类努力的最高结果，也是人类存在的正当理由。这使我感到一种特殊的满足，认为只有被拣选的少数人才能够欣赏它。但这种观念如鲠在喉，长期困扰着我。我不能相信，美，像王子的封地一样只属于某一些人，我倾向于认为，一种艺术的表现形式，如果只对受过特殊训练的人才有意义，那么这种艺术就和它所吸引的那些人一样不足取。艺术只有在人人都可以欣赏的情况下，才是伟大而有意义的。朋党派系的艺术不过是一种玩物。我不知道人们为什么要对古代艺术和现代艺术进行区分。事实上，有的只是艺术而已。艺术就是生活。试图通过对其进行历史、文化或考古学方面的细致联想，来赋予一件艺术作品生命是毫无意义的。一个雕塑作品是由古代希腊人还是由现代法国人雕刻而成的，这并不重要。艺术的唯一重要性在于，它此时此刻应该给予我们一种美学的震撼，这种震撼应该令我们感动，促我们奋进。如果这种震撼不仅仅是一种自我放纵和自我满足，它就必须强化你的性格，使之更适合正确的行动。虽然我不怎么喜欢这种推论，但我不得不接受它，即：艺术作品必须以它的效果来评判，如果效果不好，那它就是毫无价值的。而这种效果，只有在艺术家并非刻意而为的时候才会达到，这的确是一个奇怪的事实，我们必须理所当然地予以接受，对此我也无法解释。一个牧师如果没有意识到自己是在布道，那他的布道是最有效的。蜜蜂只是为了自己的目的而产生蜂蜡，但是并不知道人类会拿它做不同的用途。

关于善

因此，我们似乎不可能说“真”或者“美”都有内在的价值了。那么“善”呢？但在我说“善”之前，我要先说说“爱”。因为有些哲学家认为它包容一切，认为它是人类的最高价值观。柏拉图主义（Platonism）和基督教共同赋予了爱一种神秘的意义。“爱”这个词的联想给它增添了一种情感，使它比普通的“善”更令人兴奋。相比之下，善就有点乏味了。但爱有两层含义：一种是纯粹、简单的爱，即性爱；另一种是慈爱。我认为即便是柏拉图，也没有准确地将它们区分开来。在我看来，他似乎把伴随性爱而来的欢悦、力量感、高度活力的感觉，归于另一种爱，他称之为天堂之爱，我更愿意称之为慈爱，而由此，就以“世俗之爱”那无法根除的“恶”感染了“天堂之爱”。因为爱易消逝。爱会死亡。人生最大的悲剧不在于死亡，而在于不再去爱。你所爱的人不再爱你了，这是生活中最大的不幸，是几乎什么也帮不了你的不幸。当拉罗什富科（La

Rochefoucauld）发现两个爱人之间，有一个爱着对方，另一个让自己被爱着的时候，他写了一句警句：不和谐必定会阻止人们在爱情中获得完美的幸福。无论人们多么怨恨这个事实，无论人们多么愤怒地否认它，毫无疑问，爱取决于性腺的某些分泌物。在绝大多数情况下，人的性腺不会无限地受到同一物体的刺激，而且随着年龄的增长，性腺会逐渐萎缩。人们在这件事情上很虚伪，不愿去面对事实。当他们的爱已不在，沦落为一种他们自己称之为“坚实而持久的情感”时，他们却欺骗自己说，他们可以满足地接受它。好像情感和爱有什么关系似的！情感是由习惯、利益一致、便利和友谊的渴望所产生的。它是一种慰籍，而不是一种兴奋。人是变化着的生物，变化之于我们就像我们呼吸的空气，难道我们人类最强烈的一种本能（性本能）可以不受变化法则的约束吗？我们今年和去年不一样了，我们所爱的人也是如此。如果我们改变了，会继续爱一个业已改变了的人，这是一个幸福的偶然。多数的情况是，已经不同的我们，仍然不顾一切，可悲地努力去爱一个不同的她（他），那个我们曾经爱过的人。只是因为爱在俘获我们时的力量是如此强大，我们才说服自己，相信它会永远存在下去。当爱平息时，我们感到羞耻、被欺骗，为我们的软弱而自责，然而，我们应该接受自己内心的改变，因为这是我们人性的自然结果。人类的种种经历使他们以一种复杂的感情去看待爱。他们怀疑爱，他们诅咒爱，同样，他们也称赞爱。为了自由而挣扎的人类灵魂，除了短暂的时刻外，都把爱所要求的屈从忍让看作是恩宠的失落。爱所带来的幸福，也许是人类所能拥有的最伟大的幸福，但它很少是纯粹的。为爱而写的故事一般都有一个悲伤结尾。许多人憎恨爱的力量，愤怒地祈祷摆脱它的重负。他们拥抱着自己的锁链，但心中知道它们是锁链，所以同时也恨着它们。爱并不总是盲目的，没有什么比全心全意地去爱一个你知道并不值得爱的人更悲惨的了。

但是，慈爱并没有像性爱那样，拥有一种不可救药的缺陷——短暂。的确，慈爱并非完全没有性的因素。这就像跳舞，一个人跳舞是为了享受有节奏的动作带来的愉悦，没有必要希望和自己的舞伴上床。但这也是一种令人愉快的活动，前提是这样做不会令人恶心。在慈爱中，性的本能被升华了，但它给情感带来了某种温暖而充满活力的能量。慈爱是善的重要组成部分。它赋予慈爱中那些更坚毅的品质以优雅，使践行自控、自制、耐心、纪律、宽容等这些小的美德变得更为简单，而这些都是善当中消极的、不那么令人振奋的元素。在这个表象的世界里，善似乎是唯一可以称得上本身就是一个目的的价值。美德本身就是奖赏。我很惭愧得出了一个如此普遍的结论。我本能地想要追求某种效果，所以我想以一些惊人而又自相矛盾的陈述来结束本书，抑或是以一种冷嘲热讽来结束本书，我的读者也许会笑着发现这是该书的一大特点。除了在任一抄本上读到或从任一讲坛中听到的，我似乎没有什么可说的。我绕了很大的一个圈，才发现了其实每个人都已经知道的东西。

我几乎没对什么存有崇敬之情。这种东西在世界上已经太多了。许多不值得崇敬的东西也要求人们对其表示崇敬。通常，这不过是我们对那些自己不愿积极关注的事物所表达的一种常规性敬意。我们对过去的伟大人物——但丁、提香、莎士比亚、斯宾诺莎——最好的致敬方式，不是崇敬他们，而是熟识他们，假使他们是我们同时代的人，我们就应该这样对待他们。这样，我们就给予了他们我们能给予的最高赞美。我们熟识这些伟人，也就表明：对我们而言，他们仍然活着。但当我偶尔遇到真正的善时，我发现自己心中自然会升起一种崇敬之情。这种真正令人崇敬的“善人”不多，也许他们有时没有我所希望的那么聪慧，但那似乎没有什么关系。

孩提时，一不开心，我就会常常连夜做梦，学校里的生活，对我而言全都是梦，醒来时会发现自己还是和妈妈一起待在家里。妈妈的逝去是我一个五十年来未曾完全愈合的伤口。那种梦我已很久不再做了，但我从来没有完全失去这种感觉——我的生活就是一个海市蜃楼，我在其中奔波忙碌，因为生活就是这样发生的，甚至，即使我正在其中扮演着我的角色，我还是可以从远处观看，并且知晓这就是一个海市蜃楼。当我回顾自己的生活时，有成功，有失败，有无尽的错误，也有欺骗和成就，还有快乐与痛苦，但唯独缺乏真实，这让我感觉很奇怪。它朦胧虚幻，没有实体感。也许，这是因为我的心无处安放，对上帝和永生有着深深的古老的渴望，而这是我的理性所无法企及的。由于缺乏更好的品质，有时我似乎会欺骗自己，我在人生旅途上邂逅的许多人，他们的“善”，是有真实性的。从“善”中，我们也许看到的不是生活的理由，也不是生活的解释，而是生活的开脱。在这个冷漠的世界，从生至死，我们都被不可避免的罪恶所包围。因此，“善”不是一种挑战或者回应，而是我们对自己独立的肯定。它是幽默向命运的悲剧性的荒谬所进行的反驳。与“美”不同，“善”可以完美而不乏味，而且比“爱”更伟大，因为时间不会让它的喜悦凋零枯萎。但是“善”是通过正确的行为表现出来的，在这个毫无意义的世界里，谁又能说什么是正确的行为呢？行为并非一定以幸福为目的，如果行为带来了幸福，那也是幸福的偶然。众所周知，柏拉图要求他的智者放弃冥思的宁静生活，投身于实际事务的喧嚣，从而将责任置于对幸福的渴望之上。我想，有时，我们所有人都选择了一条我们认为正确的道路，尽管我们很清楚，无论当时还是未来，它都不会给我们带来幸福。那么什么是正确的行为呢？就我个人而言，我所知道的最好的答案是弗瑞·路易斯·德·莱昂（Fray Luis de Leon）给出的。理解这个答案看起来并不困难，人类的弱点不至于因为这个答案超出了自己的能力而在它面前退缩。有了这个答案，我就可以结束本书了。他说，生活的美，只不过就在于：每个人都应该按照自己的本性和职分行事。